Ludovico Muratori

I figli dell'arricchito

Texte et illustration de couverture : © domaine public
Edition : Culturea (Hérault, 34)
Contact : infos@culturea.fr
Retrouvez notre catalogue sur http://culturea.fr
Imprimé en Allemagne par Books on Demand
Design typographique : Derek Murphy
Layout : Reedsy (https://reedsy.com/)

Dépôt légal : janvier 2023

ISBN : 9791041844104

AI ROMANI

A voi, cari concittadini, che accogliendo tanto benignamente la recitazione de' miei primi saggi teatrali, m'incoraggiaste nella faticosa via dell'arte drammatica, dedico questo componimento come quello che appo voi s'ebbe il maggior encomio.

Finchè non mi mancherete del vostro favore il mio coraggio non verrà meno, e non risparmierò nuove fatiche tentando mai sempre di far meglio.

Roma li 30 *Agosto* 1867

LODOVICO MURATORI

PERSONAGGI

ELENA Vedova DEROSSI

EUGENIO CONTE DI RIONERO

RICCARDO GRIPPI

ATALA DI RIPALTA

MARCHESE ODOARDO ALBANI

ARTURO BALDI

BARONE ANSELMO DI RIPALTA

BARONE VANNI

CAVALIER ROMANI

LUIGIA cameriera

PAOLO cameriere (in casa di Riccardo)

GASPARE computista (in casa di Riccardo)

SERVO che non parla (in casa di Riccardo)

SERVO di Atala che non parla

ATTO PRIMO

Sala riccamente mobiliata in casa di Riccardo. Sopra una *consol* vi sarà un orologio grande. Nel fondo la comune; a destra degli attori le camere di Elena, a sinistra quelle di Eugenio.

SCENA PRIMA

Riccardo passeggiando pensoso, Gaspare allo scrittoio, quindi Paolo.

Gaspare Così è signore, come ella vede, quest'anno le sue rendite hanno aumentato di cinquemila franchi sull'anno scorso.

Riccardo Lo so (*chiama*) Paolo.

Paolo (*entrando*) Illustrissimo.

Riccardo Il Conte mio figlio è levato di letto?

Paolo Non ha chiamato ancora.

Riccardo Andate a vedere (*richiamando*) Guardatevi dallo svegliarlo se ei dormisse.

Paolo (*s'inchina e parte a sinistra, quindi torna*)

Gaspare (*seguitando*) La buona coltura attivata sulle terre che la S. V. ha ereditate dal Commendatore Alberto Albani comincia a dare....

Riccardo Temo non istia bene....

Gaspare Chi?

Riccardo (*con impazienza*) Mio figlio!

Gaspare Il Sig. Conte sarà andato al riposo molto tardi...

Riccardo Si sa! Un giovinotto libero di sè, pieno di danaro, deve divertirsi.

Gaspare Anzi fa benissimo.

Riccardo Mia figlia è già in piedi, ed egli..... Questa bestia di Paolo non torna.

Gaspare Andrò io.....

Riccardo Sì, caro Gaspare: non vado da me per non dargli soggezione.

Gaspare (Sembra impossibile che un cuore duro come il suo, pei figli poi.... Ma già anche le tigri..... (*entra a sinistra poi torna*)

Riccardo (*sorridendo*) Che impasto incomprensibile è l'uomo. Io non avrei raccolta una corona di conte o di marchese se fosse caduta fra i miei piedi, anzi ho sempre riso malignamente di quei cotali che van pettoruti per così fatti titoli, in ispecie poi di quelle vecchie casate che si reggono su coi puntelli dei debiti: Eccellenza, m'inchino; Principe il mio profondo ossequio; Duca sono vostro schiavo.... E poi volgeva le spalle per non far loro una risata sul mostaccio. Ed ora io stesso ho speso non poco per comperare una contea al mio Eugenio, e quando posso dire: dite al Conte mio figlio.... È un impasto curioso, è un grande impasto!

Gaspare (*entrando*) Il Sig. Conte è sveglio e sta bene.

Riccardo Manco male!

Paolo (*entrando*) Il Sig. Conte finisce di vestirsi e viene.

Riccardo Dite al cocchiere che attacchi.

Paolo Sarà obbedito (*parte dal fondo*)

Riccardo Favorite farmi chiamare mia figlia.

Gaspare Subito (*parte dal fondo*)

SCENA SECONDA

Eugenio e *detti*

Eugenio Buon giorno, caro padre.

Riccardo (*lo abbraccia*) Come stai?

Eugenio Bene.

Riccardo Sei alquanto pallido.

Eugenio Sì? Non vi ho fatto caso.

Riccardo Non ti senti nulla?

Eugenio No. Mi volevate?

Riccardo Voleva domandarti se questa mattina sei libero, se volevi venire a trottar meco?

Eugenio Sì, sono libero.... Cioè no. Attendo a far colezione con me Arturo, un mio compagno di Roma ove studiammo insieme: è un giovane che sa tener bene in mano la matita ed il pennello. Ah! se voi mi aveste fatto seguitare a coltivar la pittura per la quale sentiva una vivissima inclinazione, adesso potrei anch'io dipingere dei quadri che mi procacciassero la stima delle persone.

Riccardo Fanciullagini! Io sono ricco, e de' quadri te ne puoi comperare senza avere la noia di farteli da te. Circa la stima poi assicurati che ciò che fa più stimare nella società è il danaro. Tu oltre a quello che avrai da me, hai pure la dote di tua madre.... Insomma tu puoi e devi eclissare tutti gli altri giovani, e sfoggiare proporzionatamente al titolo che ti ho comperato.

Eugenio Non dubitate, signor padre, che sarete obbedito: spenderò a piene mani.

Riccardo Piano, piano.... Ricordati che io non ammetto altre spese che quelle che ti facciano fare buona figura, che si vedano, che si sappiano. Non giuoco, non.... capricci

Eugenio Ma vestiario, cavalli, scommesse....

Riccardo In ispecie quando vi sia probabilità di vincerle.

Eugenio Non dubitate, che quando mi capita il destro, tento sempre di umiliare questi nobilotti spiantati.

Riccardo È quello che io desidero.

Eugenio Essi fanno meco gli schizzinosi perchè mio nonno era ferraio.

Riccardo Dì piano.

Eugenio Ma se si conoscessero i nonni di tutti! E vorrebbero pormi sotto a' piedi perchè la mia nobiltà è in fasce.

Riccardo E la loro è decrepita.

Eugenio Senza un dente.

Riccardo E senza un pane che è peggio.

Eugenio Ma hanno trovato in me chi sa rendere il contracambio.

Riccardo Se tu vuoi chiuder la bocca a questa gente, sai che devi fare? Dà loro da pranzo.

SCENA TERZA

Elena e detti

Elena Mi volete?

Eugenio Sorellina, buon dì.

Riccardo Tuo fratello ha un'appuntamento in casa, ma tu potrai venir con me? Oggi non ho voglia di far niente: andremo.... dove vuoi. Hai delle spese da fare?

Elena No.

Riccardo È maraviglioso! E perchè non ti compri un abito come quello che portava ieri la signora Claudia, con quelle magnifiche guarnizioni ponsò?

Eugenio Vi pare? Quella è roba da....

Riccardo Ma faceva gran figura.

Elena Voi sapete che io ho stabilito dopo la morte di mio marito di non togliermi più il nero.

Riccardo Queste sono le storielle che contano tutte le vedove. E poi credi che starai molto a rimaritarti, con quello che hai del tuo, e con quello che ho intenzione di darti io?

Elena Io rimaritarmi? È impossibile.

Riccardo Già, impossibile.... (*ad Eugenio*) con quelli occhi....

Elena Io vi dico seriamente che sono risoluta.

Riccardo Allora come le vedove indiane dovevi viva viva gittarti sul rogo del marito. Ma benchè le nostre femine vadano raccogliendo mode da tutti i popoli e da tutte le età, pur tuttavia ti assicuro che nessuna donna imitando le indiane giammai si svenerà sulla salma del....

Eugenio (*ad Elena*) Ma che hai?

Riccardo Piangi?

Elena No.... non è niente.

Riccardo Maledetto quando ho parlato! Amavi dunque molto quel vecchio?....

Elena Egli era così buono!

Riccardo Oh, questo è indubitato.

Eugenio È naturale, padre mio, una moglie virtuosa ed affezionata come Elena, non può udir con piacere celiare sul....

Riccardo Va va dunque a vestirti, che andremo a comperare degli abiti neri, se così vuoi, e perdonami se non volendo ti ho afflitta.

Elena Che dite?

Riccardo Non sei in collera?

Elena Padre mio!....

Riccardo Va dunque.

Elena (Quale supplizio!) (*entra nelle sue camere*)

Eugenio Cara Elena! Ella mi rammenta in tutto la mia buona madre.

Riccardo Eugenio.... Elena conviene sorvegliarla, essa ha qualche segreto affanno.

Eugenio È poco più di un anno che perdemmo la madre, ella era tuttora afflitta della perdita di un marito rispettabile....

Riccardo Anche troppo.

Eugenio Come?

Riccardo Io trovo più logico il credere che ella invece di piangere per un marito morto, pianga per un amante vivo....

Eugenio Ma....

Riccardo Cerca di scoprir terreno.

SCENA QUARTA

Paolo e *detti*

Paolo (*a Riccardo*) Un Signore chiede della S. V.

Riccardo Passi.

Paolo (*entra un momento, quindi si ripresenta alla porta*).

Riccardo (*seguitando*) Io sono alquanto scettico e.... Ma va a fare la tua toilette se attendi questo amico a colezione.

Eugenio Vi lascio in libertà

Riccardo Ti ritroverò in casa quando torno?

Eugenio È facile (*entra a sinistra*)

Paolo (*rientra*)

Riccardo (*a Paolo*) Chi è che mi vuole?

Paolo Un vecchio signore che si chiama Anselmo Ripalta.

Riccardo Il Barone?.... Va, e digli che io non sono in casa.

SCENA QUINTA

Anselmo e *detti*

Anselmo (*sulla porta*) È permesso?

Riccardo Avanti, Signore.

Paolo (*avanza le sedie e parte dal fondo*)

Anselmo Perdonatemi se v'incomodo.

Riccardo È un onore che io non mi aspettava (del quale avrei fatto di meno volentieri.)

Anselmo Nei pochi mesi che io sono nel vostro paese....

Riccardo Questa è la seconda visita che mi regalate. Io non tornai.... sono tanto occupato!

Anselmo Non era il vostro incomodo che io da voi desiderava.

Riccardo Già, voi allora desideravate, se non erro, che mi accomodassi con quel tale incisore....

Anselmo Giulio Veronesi.

Riccardo Sicuro! Riprendendo quel che mi doveva a piccole rate mensili, mentre io aveva la sentenza per fargli vendere quella sua casetta.

Anselmo Che voi comperaste.

Riccardo All'asta pubblica.

Anselmo Ed a vilissimo prezzo.

Riccardo Uno dovea essere il compratore, e per colui era indifferente chi fosse. E se poi sapeste quanto vi ho speso.... Sì, feci un bel negozio.

Anselmo Intanto egli non lavora più perchè è divenuto cieco.

Riccardo Vedete se era il cuore che me lo diceva di fargli vendere la casa? Come avrebbe potuto pagarmi?

Anselmo Ma io non intendeva parlarvi di lui e della sua famiglia che stenta nella miseria.

Riccardo Mi fa specie che stenti con tanti ricchi protettori che egli ha: voi per esempio.

Anselmo Come aveva l'onore di dirvi, non è questo quello di che io desiderava favellarvi.

Riccardo (Cambia discorso! Tutti così questi pietosi umanitari! vogliono fare il bene, ma colla borsa altrui.)

Anselmo Voi, sig. Riccardo, foste l'amico del commendatore Alberto Albani; voi l'assisteste ne' suoi ultimi momenti di vita, ed egli vi diede larga prova del suo affetto col lasciarvi ogni suo avere.

Riccardo È vero: questo palazzo, alcuni tenimenti.... Egli era un ottimo uomo.

Anselmo Io credo facesse benissimo nello scieglier voi per erede.

Riccardo Oh certo, certo

Anselmo Tuttavia egli avea un fratello.

Riccardo Che non gli sopravvisse che di pochi giorni.

Anselmo Ma questo fratello lasciò un figlio, il quale correva in quell'epoca la sorte delle armi.

Questo nipote era colui che avrebbe ereditato i beni del Commendatore.

Riccardo Io credo che ognuno sia padrone di lasciare il suo...

Anselmo Non vi ha che dire: pur tuttavia io credo che l'acerbità del male in quelli ultimi momenti della vita avesse turbata la memoria del vostro amico, tanto che egli scordò fratello e nipote, che sempre gli erano stati cari.

Riccardo Sbagliate. Egli lasciò loro 15,000 franchi.

Anselmo E che cosa è questa somma, mentre voi che eravate nulla per lui ne ereditavate forse 300,000?

Riccardo Ebbene Signore, che cosa volete concludere da ciò?

Anselmo Io voglio concludere, che voi che tanto bene riceveste dal vostro amico, non dobbiate permettere che l'unico suo congiunto seguiti a stentare la vita; che voi dovete insomma aiutare il nipote di Alberto?

Riccardo Uno scapestrato! un vagabondo! Perchè non seguitò a servire nell'armata?.... Bella idea sig. Anselmo! Io dovrei coltivare i suoi vizi e la sua poltroneria?.... Fatichi, fatichi!....

Anselmo Pensate che la sua condizione non gli permette...

Riccardo E che ha che fare la sua condizione? si mangi allora la sua condizione. Ma grazie al cielo oggidì non vi ha altra nobiltà che quella del danaro. Non è così?

Anselmo Io attenderò per ringraziare il cielo che non vi sia altra nobiltà che quella dell'ingegno e dell'onore.

Riccardo È forse egli che vi manda quì?

Anselmo No, ve ne dò la mia parola. Egli è abbastanza orgoglioso per....

Riccardo È pure orgoglioso codesto spiantato? Già è la lue che scorre per le vene di tutta la casta. Insomma io debbo rispettare l'ultima volontà del mio amico; e se facessi altrimenti potrebbe anche qualche audace credere, che so io.... che forzassi il Commendatore a nominarmi suo erede, e che ora per un rimorso....

Anselmo Il timore delle dicerie del mondo non deve rattenervi dal fare il bene.

Riccardo Ognuno la vede à suo modo. Io mi sono tracciata la via. (*con compiacenza*) Ad Eugenio ho già comperato una contea: dopo spero fargli ottenere qualche carica: dopo un buon matrimonio....

Anselmo E dopo?

Riccardo Dopo dovrò pensare alla sorte de' miei nepoti. Io voglio che molti o pochi che sieno, abbiano tutti una fortuna.

Anselmo E dopo ciò?

Riccardo Dopo ciò....

Anselmo Dopo ciò converrà, io credo, morire. E nel dare il suo addio alla vita, unico conforto è poter dire: io passai su questa terra senza nuocere ad alcuno, anzi stesi la mano al mio simile che soffriva, e non porto nella tomba la maledizione degli uomini.

Riccardo Questa è poesia, sig. Anselmo. Quando spezzato un elemento di questa nostra macchina, che chiamiamo uomo, il sangue arresta il suo corso; finisce la febbre della vita, e tutto insieme ad essa finisce.

Anselmo Tutto?

Riccardo Tutto!

Anselmo Ne siete certo?

Riccardo Io lo credo.

Anselmo E.... se non fosse?

Riccardo (*turbato*) Se non fosse?

Anselmo Questo pensiero non vi farà dormir tranquilli i vostri sonni, sig. Riccardo, e vostro malgrado la mente vi andrà sempre ripetendo: e se non fosse?

Riccardo Guardate: son già bianchi i miei capelli.... Non è più tempo che io tremi per cotali larve.

Anselmo Sig. Riccardo, io vi compiango.

Riccardo Io vi son grato, ed altrettanto fo di voi, sig. Anselmo.

Anselmo (*partendo*) Nulla dunque farete per questo giovine?

Riccardo Io ve l'ho detto.

Anselmo Ma non pensate....

Riccardo Io penso che fra le tante fantasie alle quali và soggetta la testa dell'uomo, la più comune, e forse anche la più incomoda, si è quella di volersi a forza introdurre nei fatti altrui, sotto la maschera della carità, dell'amore; ma per taluni ciò è un bisogno, una passione irresistibile, un male. Non parlo per voi, sig. Anselmo, poichè io sarò sempre e tutto del piacer vostro, eccettuato in ciò che mi avete richiesto questa mattina.

Anselmo Sig. Riccardo, io non parlai per il mio bene, ma per il vostro. Seguitate, seguitate per cotesta via, e vedremo un giorno se è la via che conduce alla felicità.

SCENA SESTA

Eugenio e detti

Eugenio Non mi sbaglio?.... È il sig. Anselmo.... Non sapeva che conosceste mio padre. Godo molto di sapervi amici. E la vostra sig. Nipote sta bene?

Anselmo Grazie, sig. Conte.

Eugenio Poichè ebbi la fortuna di conoscerla a Roma ho mille volte avuto il desiderio di tornare a tributarle il mio ossequio.

Anselmo Non s'incomodi sig. Conte. Riverisco (*parte*)

Eugenio La prego de' miei complimenti alla sig. Atala.

Riccardo Conosci il Barone di Ripalta?

Eugenio Ci siamo incontrati insieme per viaggio; poi ho trovato sua nipote Atala a Roma in una riunione serale, altre volte nelle gallerie, nei musei; e sempre ho concluso nel modo medesimo, cioè che Atala è la più simpatica, la più adorabile di tutte le vedove della terra.

SCENA SETTIMA

Paolo e detti

Paolo La carrozza è pronta. (*parte*)

Riccardo (Le parole di colui mi stanno fitte nella testa come tante lame d'acciaio. (*è per partire macchinalmente*)

Eugenio Padre mio?....

Riccardo (*si squote*).

Eugenio Non mi dite nulla? Mi lasciate così?

Riccardo (*lo abbraccia commosso e distratto*). (E se fosse? mi disse.)

Eugenio Voi siete turbato.... Che avete?

Riccardo (*rasserenandosi a stento*) Nulla, Eugenio, nulla (*partendo*) (Si sacrifichi tutto per il bene dei figli). (*parte*)

Eugenio Mio padre non è di buon umore. Già di queste nuvole ne passano spesso sulla sua fronte.

SCENA OTTAVA

Paolo e detto

Paolo (*posa delle lettere e dei giornali*).

Eugenio Che cos'è?

Paolo Dalla posta.

Eugenio (*guardando*) Il giornale delle mode. Portalo al solito. (*Glie lo dà*).

Paolo Comanda altro, sig. Conte?

Eugenio (*scorrendo una lettera*). Rammenta la colezione appena giunge il mio amico, e di far quindi insellare i due cavalli.

Paolo (*s'inchina e parte*

Eugenio (*seguendo a leggere*) Che caro amico! Non può stare senza vedermi.... teme che io stia male.... Vi è un poscritto (*legge piano*) Che? mi chiede un'imprestito di 200 franchi. Ora capisco il tuo amore! Mi sono insopportabili queste finzioni. Se egli avesse senza tanti preamboli chiesto il denaro, forse glie lo avrei imprestato, benchè mio padre mi abbia proibito di dare agli amici. (*straccia la lettera e ne apre un'altra*) Un nuovo giornale che si propone di dire la verità (*ne apre un'altra*) Non vale la pena di abbuonarsi, perchè non camperà un mese. (*legge*) «Illustrissimo signore e mio buon padrone colendissimo» Chi scrive? «Marco Marocchi» Non lo conosco «Sia ringraziato il cielo!» Ringraziamolo pure «I grani della provincia sono quasi tutti nelle mie mani» E a me che importa? «Se tutti gli altri sapranno fare come me, quest'anno manderemo il pane alle stelle, e noi empiremo il taschino. Potrebbe essere che con l'ultimo treno di oggi o col primo di domani dassi una sfuggita; ma se io non venissi V. S. mi mandi al più presto il danaro che le chiedeva nella mia di ieri l'altro. In questa congiuntura mi fo ardito di pregarla di far passare un franco per mio conto a quella povera famiglia che io soccorro, e di far recitare delle preci pel buon andamento dei nostri negozi.» E chi è questa schiuma di birbante? Quest'empio, questo ladro? Ma egli non può scrivere a me (*guarda la soprascritta*) «Al Sig. Riccardo Grippi» A mio padre? Ed io l'ho aperta! Questo è uno scherzo.... una mistificazione, direbbe un francese.... Mio padre è tanto galantuomo e guai a chi gli scrivesse così! Potrebbe essere una coincidenza di nomi....

SCENA NONA

Paolo e detto

Paolo Il Sig. Arturo Baldi.

Eugenio Venga, venga. Mostrerò questa lettera a mio padre, (*l'intasca*) egli forse capirà con qual fine è stata scritta.

SCENA DECIMA

Paolo, Arturo e detto

Paolo (*introduce Arturo e parte*)

Arturo Sono stato puntuale?

Eugenio Puntualissimo. (*si stringono la mano*)

Arturo Ma dimmi un poco; sono proprio a casa tua? Tutto questo palazzo è roba tua?

Eugenio L'ha ereditato mio padre.

Arturo È dunque molto ricco tuo padre? Ora capisco perchè con tante belle disposizioni, pure non sei divenuto artista. Tu avevi il benedetto *babbo* che pensa a tutto, e finchè vi è il *babbo* si rimane sempre piccini.

Eugenio È forse la provvidenza, mio caro, la quale a chi dà il danaro, a chi l'ingegno per procacciarsene.

Arturo E che a te forse manca l'ingegno? Ma sai tu a che cosa somiglia l'uomo?

Eugenio Alla donna.

Arturo Non è vero. L'uomo somiglia alla pietra focaia: il suo genio non scintilla se non quando viene battuto dal ferro della necessità. Ecco perchè i grandi uomini sono stati tutti disperati come noi, cioè come me. E che fa tuo padre?

Eugenio Vive del suo.

Arturo Ah, è vero! Siccome io non possiedo alcuna terra, all'infuori de' miei vasi di fiori che ho sulla finestra, così non penso mai che vi sono coloro che vivono senza guadagnare.

Eugenio Ma egli ha faticato la sua parte: fu militare e nel 1848 era capitano tesoriere. Dopo la guerra chiese il congedo.

Arturo Capitano tesoriere in tempo di guerra! è un bel posto.

Eugenio E perchè?

Arturo Perchè.... perchè mentre gli altri corrono il pericolo di portare a casa qualche palla, il tesoriere non corre altro pericolo che di portare a casa la cassa. Anche io fui militare; ma non tesoriere.

Eugenio Mio padre ha avuto dopo delle eredità, ha fatte delle ottime compere, dei negozi....

Arturo Insomma un pò di tutto.

Eugenio È uno di quegli uomini fortunati...

Arturo Che se pure si gittano dalla finestra cadono in piedi.

Eugenio Io poi non mi sono mai impacciato degli affari, e sono stato quasi sempre lontano da casa. Prima in collegio, poi ho viaggiato, poi sono andato a Roma a studiare, e non è un mese che io mi trovo stabilmente in famiglia.

Arturo E tuo padre ti ama molto?

Eugenio Moltissimo! tutte le sue cure sono per me e per mia sorella; non vive che per noi, e sacrificherebbe pure la vita per risparmiarne un'affanno. Egli pensa ad amassar danaro, e vuole che io pensi a spenderlo.

Arturo È giusto: ognuno in famiglia deve aver le sue attribuzioni.

Eugenio Amico mio, che bella cosa è il danaro! Quante soddisfazioni si possono prendere; quanti visi superbi si fanno arrossire; quante altiere fronti si fanno piegare.

Arturo (*con sprezzo*) Se il danaro non dovesse servire che a ciò, sarebbe la cosa più disprezzabile che fosse uscita dalle mani.... dell'uomo.

Eugenio No, no, Arturo; ed io stimo molto più il danaro perchè mi porge occasione di dare delle prove massiccie della mia leale amicizia. Arturo, io sono ricco, e tu meriti di esserlo: la mia borsa è a tua disposizione.

Arturo Gli antichi dicevano: amici fino all'ara; ed i moderni dicono: amici fino all'oro; ma tu per me varchi generosamente questi confini, ed io ti ringrazio di cuore, e rifiuto.

Eugenio E perchè?

Arturo Se non altro per esserti sempre amico: chè quando ti dovessi qualche cosa, non potrei liberarmi di essere il tuo adulatore, il tuo servo.

Eugenio Ebbene, rispetto la tua delicatezza; ma non potrai rifiutarti di eseguire il mio ritratto.

Arturo Di tutto cuore.

Eugenio Ed io te lo pagherò 500 scudi.

Arturo (*un poco offeso*) Ho dipinto ritratti anche per 50 scudi.

Eugenio Ma ad un'amico....

Arturo (*con alterezza*) Lo fo gratis.

Eugenio Quest'alterezza....

Arturo È quella dell'uomo frugale avezzo a contentarsi di tutto, avezzo a non dover niente ad alcuno, ed a riconoscere ogni sua cosa dalla provvidenza e dalle sue fatiche. Amico mio, non vi sono che gli artisti che possano sentire di essere veramente liberi, di essere uomini.

Eugenio Hai ragione, la vita dell'artista è la più bella.

Arturo Guarda per esempio i dottori di medicina. Essi debbono lisciare le loro pratiche, specialmente le ricche, e quando logori per l'età e per i vizi, costoro muoiono, tutti gridano: è quella bestia del medico che l'ha amazzato; se poi guariscono.... chi sa chi gli ha salvati. Gli avvocati, poveretti, se vogliono lavorare gli convien vedere le cause giuste o ingiuste come le vedono gli occhi dei loro clienti; potrebbero essere altrettante caste Susanne per l'onestà, pure non si salverebbero mai da qualche epiteto disgustoso. I militari devono cassare il verbo volere dal loro dizionario: han voglia di ciarlare, e suona il *silenzio*; vorrebbero dormire, ed ecco la *sveglia*; stan facendo all'amore, e batte la ritirata. Di più veggono sempre in prospettiva di andarsi a far squartare ora per i turchi, ed ora per quelle brutte figure dei chinesi, e tutto ciò per quanto? per due soldi al giorno! I ricchi vivono sempre fra i timori, sono circondati da cavalieri del dente, la noia gli uccide, e gli conviene di vedersi pacificamente derubare dai fattori, dai maestri di casa e da tutto lo sciame dei ladri domestici detti servitori. - Io invece mi levo la mattina e saluto il sole che spunta sull'orizzonte; m'infilo le pantofole, la veste da camera ed il mio berretto alla greca. Mi pongo a lavorare, se mi piace; vendo i miei quadri, quando mi capita l'amatore; se sto in quattrini mangio in trattoria, se sto a stecchette m'ingegno in casa. La sera poi bevo il mio *punche* con i miei compagni, mi rallegro, diciamo delle follie; e quando senza pensieri mi sono steso nel mio letticciuolo, smorso il lume, ed al buio tanto è la mia cameretta, quanto la reggia dello Czar. Così non fo *salamelecchi* ad alcuno, e la falda del mio cilindro non s'ingrassa collo scappellarmi d'innanzi a questo e a quello: io saluto tutti colla mano, ed il cappello resta sempre saldo sulla testa come una piramide. Pane, gloria, e non servire ad alcuno, ecco ciò che ha l'artista, ed è appunto quello che vi vuole per esser felice! Ora fammi portare un bicchier d'acqua zuccherata, perchè mi si è asciugata la gola.

SCENA UNDECIMA

Paolo ed un altro Servo (portano una tavola ove è imbandita con molto lusso una colezione, vi saranno bottiglie di vini forestieri e fiaschetti di vino nostrale che si porranno sopra altra apposita tavola)

Paolo (posata la tavola, via).

Servo (dà in tavola quando occorre, e quindi si ritira nel fondo per lasciare altrui in libertà).

Eugenio Tu sei un Catone.

Arturo Sì, in guanti più o meno bianchi.

Eugenio Arturo non lo crederai, ma io t'invidio.

Arturo Lo credo benissimo, poichè io sono più felice di te.

Eugenio Adesso che lavori di bello?

Arturo Ho fatto molte copie di un mio quadretto che tutti vogliono comperare.

Eugenio E che rappresenta?

Arturo Lucrezia Romana.

Eugenio Nel momento che....

Arturo Appunto. Nel momento che filava e cuciva fra le sue ancelle, e Tarquinio.... Ma se non isbaglio il mio naso mi dà avviso che vi sono dei filetti ai tartuffi. È il mio boccone favorito.

Eugenio Siedi dunque, e dopo colezione faremo una cavalcata. Monti a cavallo?

Arturo Mi ci arrampico alla meglio. Resta convenuto che tu questa sera pranzerai con me.

Eugenio Ma....

Arturo Allora ti pianto fra i tartuffi e me ne vado.

Eugenio Verrò dunque. (*mangiano*)

Arturo Ti prevengo sai, che nel mio pranzo non avrai vini forestieri.

Eugenio Non ne bevi? (*gli versa dello sciampagna*).

Arturo Sì, quando mi capita l'occasione; ma non vi spendo io. Perchè mandare ogni anno buone migliaia di franchi all'estero, quando l'Italia ha tanto vino d'affogare dentro mezza Europa? E poi un *Lambrusco*, un *Lacrima*, un *Marsala*, ed i buoni vinetti che bevemmo a Roma: ti ricordi?

Eugenio Frascati!

Arturo Montecompatri!

Eugenio Orvieto!

Arturo Est Est di Montefiascone: che roba! Ma che cosa gli manca ai nostri vini?

Eugenio Un pò di catrame sulla testa, un pò d'argento sul collo, una etichetta rasata sulla pancia....

Arturo E molta impostura nell'interno (*corre a prendere un fiaschetto di vino*). Prendo quei fiaschetti là. Almeno sarà vero succo di uva. (*bevono*)

Eugenio (*facendosi pensieroso*) Tu col nominarmi Roma mi richiami delle memorie...

Arturo Archeologiche?

Eugenio No.

Arturo Di Storia naturale?

Eugenio Sai tu chi è venuto questa mattina da mio padre?

Arturo A proposito di Roma? Il Colosseo.

Eugenio Il Barone Ripalta.

Arturo Ah, conosce tuo padre?

Eugenio Io tentai di farmi invitare in casa sua.

Arturo Egli non si occupa di ciò: è sua nipote che fa tutte le carte. Io vi vado qualche volta. Anzi oggi appunto è il compleanno della signora Atala, e questa sera vi sarà riunione. Vuoi tu che io chieda il permesso di condurti?

Eugenio Oh sì! Tu mi faresti un gran regalo.

Arturo Eh, sì che!.... Infatti una sera in Roma passeggiando al pallido chiarore della luna, nel mentre che io cicalava col sig. Barone, tu, furbo, camminavi vicino alla vedovella, e notai certe tue smanie.... e se non erro, non venivano disdegnate.

Eugenio Ti sembra?

Arturo Sicuro. E parlando e smaniando giungemmo...

Eugenio Alle Terme di Tito.

Arturo No, sul Campo boario (*si levano da tavola*)

Eugenio Tu dunque notasti?.... Ti ricordi?.... E credi che?...

Arturo Niente, fuorchè avresti un nembo di rivali.

Eugenio Sì?

Arturo E chi è che mira l'occhio ardente e le pallide guancie di Atala e non la desidera?

Eugenio E chi sono le persone che la frequentano?

Arturo Bravissima gente.

Eugenio E l'amano?

Arturo Il Marchese Odoardo Albani sembra veduto di buon'occhio.... Ma la scarsa fortuna di tutti coloro che vanno dalla bella vedova gli porrà un sigillo alla bocca: niuno di essi può aspirare alla mano di quella ricca dama.

Eugenio Oh, tu mi fai rinascere tutte le mie speranze.

Arturo Cospetto! Stiamo avanti?

Eugenio Io l'amo, l'amo colla forza di un cuore affettuoso che per la prima volta sente una vera passione.

Arturo Misericordia! chiamo i pompieri. La cosa è seria?

Eugenio Più che tu non credi.

Arturo Povero Eugenio!

Eugenio E perchè?

Arturo Caccia questa passione dal cuore. Ella è nobile, e tu....

SCENA DUODECIMA

Paolo e *detti*

Paolo Quando il il Sig. Conte vuole montare a cavallo....

Eugenio Andiamo.

Paolo (*parte*)

Arturo Conte? Chi è il conte?

Eugenio Io.

Arturo Tu sei?.... Davvero?.... E allora!....

Eugenio Credi?

Arturo Ma certo.

Eugenio (*abbracciandolo*) Arturo, ella sola potrebbe farmi felice!

Arturo Una donna può farti felice? Oh illusioni della vita.... artistica! (*partono*)

FINE DELL'ATTO PRIMO

ATTO SECONDO

Salotto in casa di Anselmo, mobiliato con qualche lusso. Due porte nel fondo: quella a destra degli attori conduce nella sala di ricevimento; quella a sinistra è la comune. A destra degli attori, di fianco, una porta che dà nelle camere di Atala. Fra le due porte di fondo una *consol* con sopra molti eleganti canestri e mazzi di fiori freschi. Avanti vi è un tavoliere per giuoco con scacchiera: in fondo piccola tavola tonda.

SCENA PRIMA

Atala ed *Elena* preceduta da *Luigia*.

Atala (*andando incontro ad Elena che entra per la comune*) Ma sei tu Elena, proprio tu? Non mi aspettava davvero questa bella sorpresa.

Elena Hai ragione: ma devi sapere che io non esco mai.

Atala Fai male. Levati il cappello.

Elena No, vado via subito.

Atala Ma come? La tua prima visita vuoi farla come quella del medico? Luigia, da sedere.

Luigia (*dà le sedie e parte*)

Atala Io credeva che tu volessi troncare affatto la nostra amicizia.

Elena E perchè mai? Vedi che mi sono rammentata che oggi è il tuo compleanno, e sono venuta ad augurarti mille di queste giornate.

Atala Quanto mi hai fatto piacere! E fu appunto di questa giornata che noi ci conoscemmo laggiù in quell'orrido paesaccio, ove tutte due eravamo andate a marito.

Elena È vero, il mio povero sposo, che era amico del tuo mi condusse a ballare in casa vostra.

Atala Ma tu allora eri tutt'altro. Franca, leggiera ne' tuoi movimenti; i tuoi belli occhioni scintillavano, eri una Giunone; e adesso, vai a capo chino, cogli occhi bassi, le parole ti cadono dalla bocca... Ma che cos'è? che cos'è questo cambiamento? Ti scuoterò ben'io, sai! Abbiamo forse dei piccoli segreti?

Elena Ho perduta in due anni madre e marito, e non ti pare bastante per?...

Atala Circa la madre, sta bene; ma per il marito, l'ho perduto anche io.... e l'uomo che non è eterno, non può serbare un eterno dolore: e quel che dico per l'uomo vale tanto più per la donna. Dimmi un poco.... e non abbiamo niente in moto?

Elena Come?

Atala In moto di.... non capisci?

Elena Mi sembra già di averti detto quando tu venisti a trovarmi....

Atala Che come Didone, volevi serbarti fida alle ceneri di Sicheo.... finchè non venga un Enea. Ah, vedi che mi è riuscito di farti ridere?

Elena Adesso tocca a te.... Hai nulla per le mani?

Atala Una vedova ci ha sempre qualche cosa: tu faresti l'eccezione, se ti credessi.

Elena Ti rimariti?

Atala Ma no!.... Fra costoro che frequentano la mia casa vi è qualcuno che mi ha buttata là qualche parola... Ma figurati, sono quasi tutti uomini di età.... e noi sappiamo che cosa sia un uomo di età. Non mancano perciò di galanteria tutti i miei amici (*si alzano e vanno a vedere i mazzi di fiori*) Vedi la gentil cosa di fiori che mi hanno inviato.

Elena Davvero! qui vi è un'A.

Atala L'iniziale del mio nome.

Elena Formata di bottoncini di rose.

Atala (*prendendo un mazzo*) Questo mazzetto è del Barone Vanni: discende d'antichissima famiglia, è molto dotto nelle lettere, e benchè assai vecchio, è piacevolissimo quando è di buon'umore; ciò non accade sempre perchè la letteratura nel nostro paese frutta poco, e della baronia non gli è rimasto che il nome.

Elena E questo colla tua iniziale?

Atala (*fingendo non udirla prende un'altro mazzo*) Quest'altri fiori sono del Cav. Romani, uno dei migliori artisti dell'epoca nostra: uomo rispettabilissimo....

Elena Ma di questo non vuoi dirmi nulla

Atala Di quello coll'A composta di rose?

Elena Scommetto che non è di un vecchio.

Atala Infatti.... mi sembrava avertelo detto.

Elena No, niente affatto.

Atala Quello è.... ma tu lo conosci, lo ricorderai...

Elena Chi?

Atala Quel giovane Uffiziale che si trovava di guarnigione colaggiù: il Marchese Odoardo Albani... Tu lo conoscevi bene?

Elena (*con leggera emozione che subito si dissipa*) Ah, sì.... mi ricordo.... lo conobbi in tua casa.

Atala Brava. Era amico di mio marito.

Elena Ed anch'egli è nel numero di coloro?....

Atala Ma.... così.... Certo che egli mi mostra delle premure.... mi ha fatto capire, povero giovinotto, che desidererebbe....

Elena E che ostacolo può esservi? Non siete voi liberi?

Atala Egli è molto superbo, e siccome, lo sai, io sono ricca.

Elena Ma egli pure...

Atala No, Elena mia, doveva ereditare, ma poi.... insomma è poverissimo. Del suo ha poco, e la pensione che gli è stata assegnata.... Perchè saprai che riportò una ferita?

Elena Sì, l'ho udito dire. Sicchè egli è l'eletto del tuo cuore?

Atala Ti dirò.... non lo vedo di mal'occhio; ma l'eroe dei miei sogni amorosi era un altro..... Basta, quelli non furono che sogni, e di questi sogni noi donne ne facciamo spesso. Egli certo non pensa a me, ed io non voglio pensare a lui.

Elena Atala, tu hai una gran fortuna.

Atala E quale?

Elena Di poter dire al tuo cuore: voglio pensare a quello o a quell'altro.

Atala Amica mia, come si fa? conviene fare di necessità virtù.

SCENA SECONDA

Luigia, quindi *Arturo* in ascolto e *dette*

Luigia (*si presenta dalla comune con un grandissimo mazzo di fiori in mano*)

Atala Che cosa porti?

Luigia Mi è stato proibito di parlare.

Atala Scommetto che viene da parte di Baldi.

Arturo (*uscendo*) Bravissima, avete indovinato!

Atala Baldi mio, ma quello è un giardino, una foresta, non è un mazzo di fiori.

Arturo È un mazzo gigante, gigante come la felicità che vi auguro (*a Luigia*) Tenetelo da conto.

Luigia Conviene cercare una botte per porvelo in fresco. (*parte col mazzo di fiori*)

Arturo Ho devastato tre giardini sui quali corrisponde il mio studio, per presentarvi questa bazzecola. Ne avrete dei più eleganti del mio; ma più voluminoso di quello, lo giuro per il mio pennello, non lo troverete. Esso è degno di una prima ballerina.... nella sua serata di beneficio.

Atala Meritereste che io vi dessi del matto.... Ma invece vi darò i miei ringraziamenti.

Arturo Una donna amabile come voi, tutto quel che dà è ben dato.

Atala (*ad Elena piano*) Vuoi che io te lo presenti?

Elena No, è tardi, vado a casa: tornerò.

Atala Presto?

Elena Prestissimo. (*saluta Arturo e parte accompagnata da Atala fino oltre la porta.*)

Atala Vi piace la mia amica ?

Arturo Molto. Se Paride doveva scegliere fra voi due, rimaneva col pomo in mano. Guardandovi, io mi sentiva venire un desiderio....

Atala Spiegatevi.

Arturo Di dipingere un quadro: l'incontro di Venere e Galatea sull'onde del mare.

Atala Ah, noi vi sembravamo quelle deità?

Arturo Eccettuato il costume, che disgraziatamente era tradito.

Atala Siete un .... (*minacciandolo con grazia.*)

Arturo Lo so. E come si chiama la vostra amica?

Atala Eletta , vedova Derossi.

Arturo Derossi?... Ed il suo nome da fanciulla quale era?

Atala Non so.

Arturo Non ha ella un fratello?

Atala Credo.

Arturo Lo conoscete?

Atala Non l'ho mai veduto.

Arturo Sappiate che questo fratello è il Conte di Rionero; ma un anno fa si chiamava.... Eugenio Grippi. Vi siete fatta rossa?

Atala Io? no!

Arturo Vi rammenterete quel giovanotto che io a Roma presentai a vostro Zio ? Quello col quale una sera passeggiammo....

Atala Al chiarore della luna?

Arturo Ah, vi rammentate della luna?

Atala Oh , per la memoria non la cedo ad alcuno.

Arturo A proposito di memoria, sapete voi perchè io abbia tanto sollecitato a venire? Debbo chiedervi il permesso di presentarvi questa sera....

Atala Caro Baldi, voi lo sapete, io non amo d'ingrandire il mio circolo, e....

Arturo Basta così, non se ne parli più.

Atala Non ve ne avete a male?

Arturo Affatto! Ora vado da Eugenio a dirgli...

Atala Eugenio.... Era egli?

Arturo Che mi aveva pregato con tanta insistenza; ma voi avete ragione, non volete ingrandire il vostro circolo, ed io vado subito....

Atala Un momento! Vi preme molto di condurlo?

Arturo È mio amico, e....

Atala Sentite.... quando sia per far piacere a voi.... conducetelo.

Arturo Spieghiamoci bene : devo condurlo per far piacere a me o a voi?

Atala A voi!

Arturo Proprio.... proprio a me?

Atala Ma sapete che....

Arturo Basta così! Per far piacere a me , è convenuto, e anzi vi sono obbligato (*prende il cappello e s'avvia*) Lo ricevete per me, e grazie tante.

Atala Siete il diavolo.

Arturo Non ho ancora le corna (*via*)

Atala Egli è il fratello di Elena e verrà fra poco. Ha preso il titolo di conte....

SCENA QUARTA

Anselmo e detta

Anselmo Atala.

Atala Siete voi, Zio mio?

Anselmo Ti ritorno la sottoscrizione che mi hai dato per il povero Giulio Veronesi, il tuo protetto (*le consegna un foglio*)

Atala Cioè, il nostro protetto.

Anselmo Egli è nella mia camera, e vorrebbe ringraziarti e in uno farti i suoi auguri.

Atala Verrò allora (*guardando il foglio*)

Anselmo A tuo comodo, egli si trattiene.

Atala Vi siete sottoscritto per 100 franchi?....

Anselmo Non mi hai detto, figliuola mia, che il danaro che io destinava per farti un piccolo presente in questa giornata, lo dessi invece....

Atala Ma 100 franchi... Io credeva di fare l'offerta maggiore dando questo braccialetto (*posa il foglio sopra la piccola tavola tonda e vi pone sopra il braccialetto*)

Anselmo Atala, tu non sai quanto mi consoli nel vederti così pietosa verso gl'infelici. Se tutti i ricchi dessero a' poveri una centesima parte di quel danaro che gittano in tante frivolezze; non vi sarebbe più la miseria ed i mali che spesso ne derivano, la prostituzione ed il dilitto. Ciò forse gioverebbe molto più degli ergastoli e della morte esemplare.

SCENA QUINTA

Luigia e detti, quindi Barone Vanni e Cav. Romani, dopo un Servo.

Luigia Il sig. Barone Vanni, ed il sig. Cav. Romani.

Atala Entrino. Luigia fa portare qualche lume.

Luigia (*parte*)

Servo (*con candellieri e candelabro acceso; posa i primi sul tavoliere da giuoco, e l'altro sulla consol, quindi parte*)

Romani Amabilissima sig. Atala, gradite i miei sinceri auguri per questo bel giorno, che si rinnoverà cento volte e sempre pieno di ogni felicità.

Atala Grazie Cav. Romani. E voi, Barone Vanni non mi dite nulla?

Vanni Io aborro di far le cose che si fanno perchè le fanno tutti. Questi auguri a scadenza come le cambiali, queste esagerazioni: *cento anni di vita*, senza quelli che già avete: *tutte le felicità*, e tutti sanno che la felicità è una speranza senza fondamenti. Insomma voi sapete che ho per voi stima ed amicizia, e dovete essere sicura che in ogni giorno indistintamente vi desidero tutto il bene possibile, quindi è che non voglio dirvi nulla. Avreste la bizzaria di offendervene?

Atala No, no, Barone mio. Cavaliere ho ricevuto il vostro gentil presente (*indicando i fiori*)

Vanni L'inverno che manda fiori alla primavera.

Atala Ed anche il vostro Barone Vanni.

Romani Dunque tu pure hai mandato?....

Vanni Ho mandato... perchè ho mandato.

Anselmo Oggi è una delle vostre cattive giornate, Barone?

Vanni È una cosa che avrebbe fatto uscire del manico chiunque. Ma come? Si fanno quattro edizioni del nuovo cuciniere francese; coi romanzi tradotti si arricchiscono i librai: ed io che scrivo una istoria vera, notate, ed in buona lingua italiana, dovrò vendere un terreno, anzi il solo che mi è rimasto, per pagare l'editore!

SCENA SESTA

Luigia e quindi il Marchese Albani

Luigia Il sig. Marchese Albani. (*via*)

Anselmo Avanti, Marchesino....

Albani Io sperava d'essere il primo.

Atala E pure vi è stato chi ha avuto più premura di voi.

Albani Non lo crediate. Io sarei venuto questa mattina; ma con tutta pulitezza mi diceste....

Atala Che la mattina sono troppo occupata, nè posso ricevere.

Anselmo (*sorridendo*) Ella si leva all'alba....

Vanni Dei tafani.

Romani Quindi vestirsi, profumare e spartire i capelli.

Atala Forbire i denti, darsi la polvere di riso....

Ans In minor tempo si armerebbe una galera. (*Si unisce a Vanni ed a Romani, e parlano fra loro*)

Atala (*ad Albani fra loro*) Non potevate almeno per oggi, per farmi cosa grata, lasciare in casa....

Albani Che?

Atala La vostra cera melanconica.

Albani Se io lo potessi, la lascerei per sempre.

Atala E che cosa avrà la virtù di farvi tornare il vispo uffizialetto che eravate due anni or sono?

Albani Quel che non potè la vostra amabile compagnia che volete che lo possa?

Atala Io non mi sono mai provata, nè mi proverei. Vogliamo dire che sia un pò di mania oltramontana? Lo *spleen* che è venuto di moda insieme al *rosbeef* ed al *beefstech*?

Albani Se io vi narrassi la cagione de' miei dispiaceri...

Ata, Dispiaceri da piangere o da ridere?

SCENA SETTIMA

Luigia e *detti*

Luigia Il sig. Arturo Baldi col sig. Conte di Rionero.

Atala Favoriscano.

Luigia (*parte*)

Albani Il Conte di Rionero? *(con sorpresa)*

Vanni Il figlio di Riccardo Grippi? *(con sorpresa)*

Anselmo E chi l'ha invitato? *(con sorpresa)*

Atala Mi ha fatto chiedere il permesso di presentarsi....

SCENA OTTAVA

Arturo, Eugenio e *detti*

Arturo (porterà un piccolo vaso chinese con entro una camelia)

Eugenio Signora Atala, ho potuto finalmente ottenere quel che da tanto tempo desiderava; stringervi la mano e rinfrescare la nostra vecchia amicizia.

Atala Io credeva che vi foste dimenticato di me.

Eugenio Dimenticarmi! Ma voi credete all'impossibile. Carissimo Barone Anselmo.

Anselmo (freddamente) Sig. Conte....

Arturo (presentando il vasetto ad Atala) Questo è il tributo che reca il mio amico.

Eugenio Una sola camelia.

Atala Ma di una specie rarissima. (*rende il vaso*)

Eugenio Anche il vaso non va disgiunto dal fiore.

Atala Oh no, è troppo bello.

Anselmo Bellissimo.

Arturo E veramente cinese

Tutti (*lo guardano*)

Eugenio Stava nella camera da letto dell'Imperatore.

Arturo L'ha comperato da un soldato che si trovò alla presa di Pekino, e che ha faticato tanto per istruire quella razza gialla caudata.

Romani E con che gli ha istruiti?

Arturo Coi cannoni rigati. È un nuovo galateo inventato adesso per civilizzare i popoli barbari.

Atala È un oggetto raro, ed io non voglio....

Eugenio Se voi non lo gradile, io lo spezzo.

Arturo No, per carità! Accettatelo, in nome delle belle arti.

Vanni (*piano ad Albani*) Il sig. Conte ha voluto soverchiarne.

Albani (*piano a Vanni*) Non si è pur degnato di salutarne.

Vanni (*c. s.*) Non vedete com'egli è pieno di se stesso?

Romani (*guardando il piccolo braccialetto*) Anche questo è un presente?

Anselmo Sì, che mia nipote fa a quel povero incisore....

Romani Divenuto cieco?

Atala A proposito, Barone Vanni, voi mi prometteste una copia dell'opera che avete publicata per vostra tangente nella colletta che io fo a vantaggio di questo infelice artista.

Vanni (*ponendo alcuni libri vicino al braccialetto*) Ed io ve ne ho portate quattro copie.

Atala Questo è troppo, Barone mio....

Vanni Sta a vedere che non potrò dargliene quante voglio?

Atala Non vi adirate (*si pone a scrivere sopra il foglio*) Registro la vostra offerta.

Albani (*dando una moneta*) Se non vi dispiace, anch'io vorrei offrire qualche cosa.

Atala Venti franchi!

Romani Eccone altri venti.

Arturo (*tastando quello che tiene nelle tasche*) (Non so se io abbia tanto) Segnate pur me per 19.... no per 18 franchi... e cinquanta centesimi. (È tutto il mio avere: domani venderò un'altra Lucrezia)

Eugenio Favorite di scrivere pure il mio nome.

Atala Per 18 franchi?

Eugenio No, per 200 (*ha cavato il portafogli e posa con affettata non curanza dei boni del tesoro*)

Atala Duecento franchi?.... Io non so se debba permettere....

Eugenio Ne butto tanti malamente!.... Teneteli pure pel vostro povero, senza timore di avermi cagionato il più piccolo incomodo.

Albani (*piano a Vanni*) Questa è vanità e non carità.

Vanni (*piano ad Albani*) È insopportabile.

Arturo (*piano ad Eugenio*) Tu hai voluto mortificarne....

Eugenio (*piano ad Arturo*) L'ho fatto per umiliare quei superbacci là, che mi guardano con alterigia.

Atala Poi, per quanto si può di sera, voglio farvi vedere il bel quadro di Pëtter che ho acquistato.

Arturo Dei montoni che pascolano: sono così veri che sembra che parlino.

Atala Sono più grandi del naturale.

Arturo Si sa, sono bestie di Pëtter, bestie oltramontane, che sono sempre più grosse delle nostre.

Atala (*ad Eugenio*) E voi seguitate a dipingere?

Eugenio Ho tutto abbandonato.

Atala Davvero? Quando da tutte le parti si udivano i vostri elogi; quando tutti dicevano riuscivate sì bene? Abbandonare le arti, ciò che vi ha di più bello, di più geniale, ciò che pone il nostro paese al disopra di tutti gli altri? Questo è un torto che non vi so perdonare.

Eugenio Sig. Atala, voi mi fate sentire vergogna del mio ozio, e vi assicuro che riprenderò i miei studi, non per mire di guadagno, che io non ne ho di bisogno; ma per amore dell'arte, e per meritare un vostro detto d'incoraggiamento, di lode. E riuscirò, ve ne dò la mia parola.

Vanni (*ad Anselmo*) Se io resto ancora, mi bisticcerò con quel furfantello.

Anselmo (*a Vanni*) Abbiate sofferenza per questa sera.

Vanni (*c. s.*) Ma voi sapete che la mia sofferenza non è garantita in fabbrica.

Anselmo (*raccoglie il foglio e le offerte fatte per la colletta, e quindi parte a piacere*).

Eugenio (*a Romani*) Cavaliere, se non isbaglio, siete parente di mio padre?

Romani Era cugino all'ottima e sventurata vostra genitrice.... Vostro padre non ho il piacere di conoscerlo.

Eugenio (Invidiosi!... Non sanno perdonare a mio padre la sua origine, e molto meno la fortuna che si è formata. Voi cercate umiliarmi; ma io vi schiaccerò col mio oro, superbi, buffoni!) (*torna presso di Atala.*)

Vanni (*piano ad Albani*) Che avete Albani?

Albani (*piano a Vanni*) È insopportabile colui; non posso nè vederlo, nè udirlo.

Vanni (*c. s.*) Ditemi la verità, sareste un pò geloso?

Albani (*c. s.*) Sento dell'inclinazione per Atala; sperai per un'istante che ella avrebbe potuto ridonare la pace al mio cuore; ma a chi importa se io soffro? Io non sono nella schiera degli eletti a godere quanto vi ha di buono nella società.... Mio padre fu diseredato; e questa è una colpa che non mi verrà giammai perdonata.

Romani E che si fa intanto, finchè non giungono i nostri amici?

Vanni Giuochiamo un franco a scacchi. (*siede e prepara lo scacchiere sul tavoliere*).

Romani (*ad Arturo*) Vuoi batterti, Baldi?

Arturo Alla spada?

Romani No, a scacchi.

Arturo Quando debbo occupare la mente, leggo, e non giuoco. (*prende un libro od un giornale.*)

Romani Giuocherò io. (*siede incontro a Vanni e giuocano*) Odoardo, vi prego de' vostri consigli.

Albani (*si pone a veder giuocare, senza perder di vista Atala ed Eugenio*)

Arturo (*guardando Atala ed Eugenio*) (Quanto mi diverte l'osservare le smanie degl'innamorati, le quali soffrono sempre abbassamenti ed innalzamenti di temperatura come i termometri.)

Eugenio (*piano ad Atala e così ambedue in seguito*) Io vi lascio, non voglio far più disperare quel povero marchese Albani.

Atala Fra noi, vi dico, non vi è alcun'impegno.

Eugenio Ed il cuor vostro è dunque libero?

Atala Chi sa? Volete saper troppo.

Eugenio Pure a Roma voi mi assicuraste....

Atala Ma è passato tanto tempo!

Arturo (La neve della vedovella si scioglie in acqua calda.)

Atala Io credeva che più non vi curaste....

Eugenio Di?...

Atala (*interrompendolo*) Di mio Zio.

Eugenio Io non ardiva presentarmi. Atala.... sarei forse venuto troppo tardi?

Atala No, si è fatto notte adesso.

Eugenio Non scherzate, vi prego. Ditemi sinceramente, amate voi?

Arturo (Il termometro alza.)

Atala Sì

Eugenio E chi

Atala Chi?

Eugenio Sì!

Arturo (Alza, alza)

Atala Non posso dirlo.

Eugenio (*alzandosi*) Addio Atala.

Arturo (Riabbassa verso lo zero.)

Atala Partite?

Eugenio È meglio. Addio.

Atala No: (*con affetto stendendogli le mani*) rimanete!

Arturo (Ventisei gradi *Reamur*, temperatura da bagni.)

Eugenio (*siede mostrando gioia*)

SCENA NONA

Anselmo e detti

Anselmo (*sulla soglia della sala*) Atala, giungono alcune signore tue amiche.

Atala Vengo.

Anselmo (rientra in sala)

Atala Signori, vi attendo di là. Arturo, concedetemi il vostro braccio.

Arturo (piano ad Atala) Braccio neutrale, di disimpegno.

Atala Albani, non private a lungo le mie amiche della vostra compagnia (*parte con Arturo*)

Eugenio (guardando appresso ad Atala) (Oh, io sono corrisposto, ne sono certo! Non mi avrebbe detto: rimanete. Questa cara parola mi ha posto il fuoco nel sangue.)

Romani (a Vanni ed Albani) Sembra che il Conte voglia prendere la privativa della regina della festa.

Eugenio (guardando Albani) (Il Marchese è certo mio rivale.)

Vanni (a Romani ed Albani) Egli sfoggia danaro per adescarla.

Romani (c. s.) Già, ha gittato sul tappeto 200 franchi, per raccoglierne trecento mila che ne possiederà Atala.

Albani (a Romani e Vanni) Egli è buon negoziante.

Eugenio (Costoro parlano certo di me)

Vanni Cioè, dite: egli è figlio di suo padre.

Albani (ridono)

Romani (ridono)

Eugenio (Che sia una sfida cotesta? Oh, io ho bisogno di dare una lezione a tutta la vecchia nobiltà che mi rigetta con sprezzo dalle file loro. Sarebbe questa la serata che io la romperei volentieri con quei medaglioni da decorazione.) (*appressandosi al tavoliere*) E di che cosa si giuoca?

Romani Di un franco.

Eugenio Di tanto poco? (*guardando lo scacchiere*) Vince il Cavaliere.

Vanni Scusate, sig. Grippi, (*marcando Grippi*) ma il cav. Romani si trova assai peggio di me.

Eugenio Che ne dite sig. Marchese?

Albani Sig. Conte Grippi, sotto la vostra correzione, a me sembra che il Barone abbia meglio situati i suoi pezzi.

Eugenio Avanti, scommettiamo: io tengo per il Cavaliere (*cavando un bono*) Ecco cento franchi....

Albani Io non iscommetto mai.

Eugenio Anche sulla parola, se volete. Vi sembra forse troppo? Avanti, cinque franchi.

Albani Nè cento, nè cinque.

Eugenio Dio buono! Nessuno vuole azzardare cinque franchi!

Vanni Li azzardo io, signore (*si pone la mano tasca e cava una moneta d'oro di cinque franchi*) Ecco la mia posta (*nel porla sul tavoliere gli cade in terra*)

Romani È caduta.

Vanni (*guardando in terra*) Dove sarà andata?

Eugenio Lasciate stare, sono gl'incerti della servitù. (*ridendo*) Ah, ah, ah!

Vanni (*con fierezza ad Eugenio*) Sig. Conte, non vi è nulla da ridere se non posso buttare cinque franchi, come voi ne buttate cento. Io vivo delle lettere, e purtroppo quest'arte, non frutta quanto quella dell'usuraio e dell'incettatore o barullo, per dirlo in buona lingua.

Eugenio (*con ironia*) Barone, la galleria dei ritratti de' vostri antenati, vale più di tutto l'oro del mondo.

Vanni I miei antenati dettero le ricchezze ed il sangue loro a pro della patria, ed i loro ritratti potrebbero presentarsi con alterigia dinanzi a tutti; mentre molti e molti non potrebbero mostrare neppure il ritratto dei padre, senza doverne arrossire.

Eugenio Viva Dio! voi prendete un certo tono....

Romani Quando i titoli e le ricchezze sono il frutto d'illeciti guadagni spremuti dal popolo con mano di ferro, non si va a fronte alta a motteggiare la gente dabbene.

Eugenio Che?.... Ardireste voi calunniare....

Vanni Domandatelo al povero cieco, cui per vanità avete donato 200 franchi.

Eugenio Basta, basta, signori. Una spiegazione mi darete.

Albani Una spiegazione?

Eugenio E subito.

Albani Ebbene, Eugenio Grippi, l'eredità del Commendatore Negri mio zio fu carpita alla mia famiglia da un testamento che il padre vostro gli estorse negli ultimi momenti di vita.... Non siate almeno così spudorato di sfoggiare le ricchezze davanti a colui cui le rapiste.

Eugenio Mio Dio! sarebbe vero?

Romani E vostra madre non ne morì di dolore?

Eugenio Ah, voi siete i più infami calunniatori che esistano sulla terra!

Albani (sono per rispondere con risentimento)

Vanni (sono per rispondere con risentimento)

Romani (sono per rispondere con risentimento)

Eugenio E lo dico con voce alta perchè tutti mi ascoltino. Mio padre?.... Ma io lo vendicherò finchè m'abbia stilla di sangue nelle vene. Barone.... Cavaliere.... io rispetto a stento, credetelo, l'età vostra; ma voi, Marchese, voi mi renderete conto...

Albani Chi svergogna colui che tutto gli ha rapito, non può render conto....

Eugenio Marchese Albani, sareste un vile?

Albani Chi fu soldato per sette anni ed ha una ferita nel petto, non può essere un vile. Un colpo della mia spada vi farebbe troppo onore.

SCENA DECIMA

Atala, Arturo e detti

Atala Ch'è stato?

Arturo In sala si ode un chiasso d'inferno.

Albani Nulla.... una questione di giuoco.

      Atala (con serietà e gentilezza) Entrate in sala, signori, vi prego.

      Vanni (entrano in sala)

Romani (entrano in sala)

Atala (dopo aver data un'occhiata sospettosa, dice) Albani, venite con me. *(torna in sala con Albani)*

Arturo (ad Eugenio) Vieni....

Eugenio In quella sala? Presentarmi agli occhi di Atala, di tutti prima di aver vendicato l'onor mio? È impossibile! *(prende il cappello)*

Arturo Che dici?

Eugenio Seguimi, Arturo, saprai tutto! *(parte con Arturo dalla comune)*

FINE DELL'ATTO SECONDO

ATTO TERZO

La Scena dell'atto primo:

è notte.

SCENA PRIMA

Eugenio ed Arturo vengono dal fondo.

Eugenio Quale sfregio! Ed in sua casa! (gitta il cappello e si lascia cadere sopra una poltrona) E non fu un sogno, un sogno maledetto!

Arturo Calmati.

Eugenio Conviene che io prenda una risoluzione. Arturo, consigliami.

Arturo Prima di tutto, per prendere una risoluzione conviene essere presente a sè stesso.

Eugenio Consigliami tu.

Arturo Ecco qui, facciamo chiara la questione. È voce che tuo padre abbia formato la sua fortuna con mezzi poco lodevoli.

Eugenio È falso!

Arturo Sì, lo credo; ma tu, se vuoi procedere da uomo saggio, devi prima di tutto freddamente e con imparzialità vedere chi ha il torto, o la voce pubblica o tuo padre.

Eugenio Arturo! E tu ammetti che io possa soltanto sospettare?....

Arturo Zitto! viene qualcuno.

SCENA SECONDA

Paolo e detti

Paolo (*esce dalla dritta e s'incammina verso il fondo*)

Eugenio (*a Paolo*) Dov'è mio padre?

Paolo È andato adesso nel suo studio.

Eugenio È solo?

Paolo No, è venuto a cercarlo un vecchio che viene spesso.

Eugenio Il computista?

Paolo No, un certo sig. Marocchi.

Eugenio Marco Marocchi?

Paolo Sì, proprio lui.

Eugenio (Colui che scrisse quella lettera viene spesso da mio padre?.... Sarebbe dunque vero!.....
Ah, no, non posso crederlo!)

Paolo Comanda nulla, sig. Conte?

Eugenio Va.

Paolo (*parte*)

Eugenio Seguita il tuo discorso.

Arturo Mi sembra che tu non sia calmo abbastanza....

Eugenio Sicchè, quando io avrò giudicato chi abbia il torto, la voce pubblica.... o mio padre....
allora?

Arturo Se tuo padre fu calunniato, conviene che egli rivendichi il suo buon nome.

Eugenio È giusto: ed io mi batterò con coloro che ardirono....

Arturo Aspetta: il battersi è di moda, non vi è che dire; ma tu dovrai batterti da mattina a sera.

Eugenio Quando ne avrò ben conci tre o quattro....

Arturo Se pure non conciano te.

Eugenio Gli altri staranno zitti.

Arturo Per timore; ma non convincerai alcuno, nè con la spada, nè colla pistola che tuo padre sia un
onest'uomo. No, Eugenio, non è questo il mezzo. Dia agl'indigenti, faccia lavorare i braccianti,
protegga le arti, le scienze, si formi un peculio, non di danari, ma di buone azioni, e così taglierà di
netto le gambe alla calunnia, e si avrà la stima di tutta la gente.

Eugenio (*con sforzo*) E se egli.... se la voce pubblica...

Arturo Avesse ragione? Allora ti restano due vie. Goder lautamente i tuoi quattrini; fingere di non
saper nulla; e quando t'intonano qualche tiritera come quella di questa sera, fare orecchi da
mercante, calare il cappello sugli occhi, affrettare il passo, e ridere come un cinico. Questa è la via
battuta da tutti. Ma v'è ne è un'altra, che tu per primo dovresti calcare, se sei, come ti credo, un
uomo d'onore. Non farti complice dell'infamia altrui; lascia il tuo palazzo, e lo stesso tuo padre
trovandosi faccia a faccia coll'onestà di suo figlio, si vergognerà e riparerà al mal fatto, e tu lo avrai
salvato. Dà un esempio a questi figli che lasciano cadere nel precipizio il loro cieco genitore senza
pur dirgli: bada, la terra ti manca sotto ai piedi. Ti spaventa forse la povertà? Ma non hai dunque
una testa e due braccia come abbiamo tutti per guadagnarci il nostro bisogno? Torna, torna Eugenio,
al culto del bello, delle arti; tu allora avrai amici, sarai amato, stimato, e la speranza della gloria,
questa Dea sospiro e delizia di tutta la gente colta ed onesta, ti farà felice molto più di un pugno

d'oro che non sia il frutto di tue fatiche. Questo è il consiglio che ti da un pazzo: quando troverai un savio che te ne dia uno migliore, rendimi il mio.

Eugenio Arturo, amico mio, sì, tornerò artista! E se la voce che corre fosse vera.... Io avrò il coraggio di dar l'esempio che tu mi chiedi. (*suona il campanello*).

Arturo Eugenio, non mi era ingannato nel giudicarti: il tuo cuore fu traviato ma non guasto.

SCENA TERZA

Paolo e detti

Paolo Comandi.

Eugenio Fate dire a mia sorella che desidero parlarle.

Paolo (*parte*)

Arturo Addio dunque.

Eugenio Domani mattina verrò in tua casa, e saprai la mia risoluzione.

Arturo Addio, e coraggio. (*parte*)

Eugenio Coraggio, sì, e di molto ne ho duopo. Voglio questa sera stessa saper tutto, tutto.... Ad Elena sfuggirono talvolta alcune parole.... ella era la confidente di mia madre.... Povero padre mio, che diresti, se tu sapessi che anche tuo figlio, che tu ami tanto, si unisce a' tuoi nemici e sospetta.... Ah, il mio cuore ribocca di dolore! Oh quanto ho sofferto questa sera! (*si getta sopra una poltrona singhiozzando e coprendosi il volto colle mani*)

SCENA QUARTA

Elena e detto

Elena Eugenio, mi han detto che tu mi volevi? Oh cielo!.... Piangi?.... Ch'è stato?.... Tu mi spaventi.

Eugenio (*levandosi e prendendo Elena per mano, dice con voce tremante e cercando signoreggiare la sua emozione*) Non allarmarti, Elena, ed ascoltami attentamente, poichè tu con una sola parola puoi dissipare ogni mio timore. Questa sera, non sarà trascorsa un'ora, io era in casa di Atala di Ripalta.

Elena Dalla mia amica?

Eugenio Sì. Io nelle riunioni mi vedeva sempre oggetto di avversione, di disprezzo. È vero che non mancava di rendere colpo per colpo, ferita per ferita; ma stanco di ciò, questa sera ho assalito apertamente i miei nemici per finire una volta questa guerra di motteggi e di scherni. Allora dalle bocche di tutti coloro che là si trovavano, uscirono i più pungenti dileggi, i più terribili insulti.

Elena Contro te?

Eugenio No! che nulla sarebbe stato; ma contro mio padre! contro il nostro buon genitore!

Elena Che sento! E che poterono dire?

Eugenio Ch'egli estorse un'eredità che ad altri apparteneva; ch'egli arricchì d'illeciti guadagni: ch'egli col suo procedere uccise di dolore la nostra povera madre..... Ma potevano scagliare più infami calunnie quelle lingue d'inferno? Tu assistesti nostra madre nell'ultima sua ora? Tu fosti quasi sempre co' nostri genitori? Tu meglio d'ogni altro sai.... Ma parla dunque! dì ch'è falso quanto mi dissero del padre nostro.

Elena Eugenio, e tu puoi sospettare?....

Eugenio Io? no! Mio padre se ereditò dal Commendatore, fu certo per l'amicizia che li legava.... Non è vero?

Elena Sì....

Eugenio Le ricchezze che noi godiamo....

Elena Sono il frutto delle sue fatiche....

Eugenio E nostra madre....

Elena Morì fra le braccia di sua figlia e di suo marito, benedicendoci con la mano già fredda, e con la sua voce tremante chiamava te, e ne scongiurava d'amarci fra noi come sempre ci amammo.

Eugenio Oh madre mia! (*risoluto ed alquanto calmato*) Va bene, va bene.... Grazie, Elena, le tue parole mi hanno richiamato a vita. Ora so quello che mi resta a fare.

Elena Che dici? Qualche tristo progetto ti passa per la mente.

Eugenio Senti, se nostro padre avesse veramente disonorato il suo nonne, io sarei fuggito da questa casa, da questa città, portando fino alla morte fitto nel cuore l'insulto di questa sera; ma poichè tu che puoi saperlo mi dilegui ogni dubbio, io rialzo la fronte, voglio calpestar nella polvere questi insetti vilissimi che l'invidia ha reso velenosi. Oh, io non rispetterò nè il grado loro, nè la loro età, come essi non rispettarono i bianchi capelli del padre mio: io li calpesterò..... gli schiaffeggerò come....

Elena Ah, Eugenio, per pietà!.... Coloro che frequentano la casa d'Atala sono persone rispettabili.... di età, e....

Eugenio Oh, ve n'ha uno giovine!.... Uno pel quale già sentiva avversione, e l'avversione si convertì in odio sapendo che egli ha delle speranze in su di Atala.

Elena (*con preghiera*) Fratello mio!

Eugenio Sono risoluto.

Elena Nulla potranno su te le mie preghiere?

Eugenio È impossibile!

Elena Ascoltami....

SCENA QUINTA

Paolo e detti

Paolo Signore, un servo del Barone Ripalta ha portata questa lettera.

Eugenio (*prendendola*) Per me?

Paolo (*parte*)

Eugenio (*apre in fretta la lettera nella quale vi saranno alcuni boni del tesoro, e legge turbandosi*) Che?.. Mi si rimanda la mia offerta.... (*leggendo*) «L'incisore Veronesi non accetta dal figlio di Riccardo Grippi l'elemosina» Dio mio! Ah è dunque vero! Elena, tu m'ingannavi.

Elena Eugenio....

Eugenio Ormai ho tutto compreso.

Elena L'apparenza.... le calunnie....

Eugenio È inutile che più neghi.

Elena No! non credere...

Eugenio Ma se l'agitazione, il dolore che ti sta impresso sul viso, mi dicono che tu mentisci!

Elena Ah, fratello mio! (*abbracciandolo*)

Eugenio Elena, siamo pure infelici! (*si abbracciano singhiozzando. Pausa*)

Elena Eugenio, ricorda che non sta a noi il giudicare nostro padre; checchè se ne dica o se ne pensi, noi dobbiamo rispettarlo. Egli è per noi padre tenerissimo....

Eugenio È vero!

Elena Egli è certo migliore della sua fama. Sarebbe forse la prima vittima dell'opinione pubblica? L'invidia che può tanto, si sarà scatenata contro di lui. Oh, Eugenio, amiamo il nostro genitore che o reo o calunniato è sempre molto infelice!

Eugenio Ah, io non avrò il coraggio di più presentarmi ad alcuno. Io che tutti disprezzava, era il più spregievole degli uomini. Il lusso che io sfoggiava, il danaro che io quasi gittava in viso con alterigia, non mi apparteneva; era danaro.... (*ad un gesto di Elena si trattiene dal dire rubato*). Io così superbo, umiliato a tal segno! e d'innanzi a lei.... a lei che io amo tanto! Se io sopravvivessi al mio disonore sarei un vile!

Elena (*cominciando ad esaltarsi*) Che dici? Vile è colui che alla prima sventura invece di esser forte per sè e per gli altri, gli manca il coraggio e si uccide. Ma guarda me, povera donna, quanti anni sono che io soffro? o per dir meglio quando fui felice? Ma non pensai giammai di sottrarmi al mio destino; e tu che dovresti darmi esempio di fermezza, ti avvilisci al primo affanno che provi?

Eugenio È ben diverso il nostro stato: tu vivi rinchiusa fra le pareti domestiche, tu non curi punto nè la società, nè i piaceri....

Elena Lo credi tu?

Eugenio Il tuo carattere malinconico, freddo....

Elena Freddo!

Eugenio Può sopportare quello che la mia indole ardente mi rende insopportabile.

Elena (*sempre più esaltandosi*) Oh Eugenio, tu non sapesti leggere nella mia tristezza; tu non penetrasti mai in questo cuore che chiami freddo, nè sai quanto ha sofferto. Non solo le imprecazioni alle quali è segno la nostra famiglia, e che io ben conosceva; non solo il vedermi morire fra le braccia una madre adorata, dai dispiaceri consunta e dalle lacrime.... Ma sappi che io fui la vittima del nostro nome, sappi quel che mai non dissi ad alcuno, e che in questo supremo momento io ti rivelo, perchè il mio coraggio ti sia d'esempio, e perchè alfine ho duopo d'uno sfogo. Io ancor giovinetta, ignara del mondo, unii senza ripugnanza la mia mano a quella di un vecchio; ma la voce dell'amore suonò ben presto, ed irresistibile, nel cuor mio la prima volta. Io, disgraziata, amai e fui riamata con passione ardente pari alla mia....:A quest'unica fiamma tutto sacrificai.... tutto! E quando libera di me era per stringermi eternamente all'uomo che io amava, adorava! come una pazza.... fui abbandonAtala... e perchè? Perchè il nome della nostra famiglia sorse fra noi ostacolo insormontabile.

Eugenio Tu amavi tanto?

Elena Precipitata così da' sognati miei cieli, da tutte le sperate delizie dell'amore, vivo i miei più belli anni nel lutto eterno del dolore, della gelosia, del rimorso.... ma vivo! E tu, uomo, mi parli di morire?

Eugenio Ma fosse pure la nostra casa infamata, chi più infame di colui che lascia la donna che lo ha troppo amato? Quest'uomo non era degno di possederti: non vi ha scusa al suo delitto. Poichè non ho il diritto di difendere l'onore di mio padre, tutta la mia vendetta cadrà su colui che ci stimò tanti caduti nel fango, che una nuova onta nulla aggiungesse al nostro disonore.

Elena Che dici?

Eugenio Il suo nome, Elena.

Elena No, mai!

Eugenio Voglio saperlo, te ne prego.

Elena È impossibile!

Eugenio E che? io non ti rimprovero il tuo fallo, non ti disprezzo; ma ti chiedo soltanto chi sia colui che ti ha tradita, per vendicarti, e tu me lo nieghi? Ma non cade forse pure su me il tuo disonore? E tu vuoi rifiutarti?.... Oh, parla, lo voglio, Capisci? lo voglio!

Elena Uccidimi, ma tu non saprai il suo nome.

Eugenio Ma perchè?

Elena Perchè? (*con gran passione*) Perchè l'amo ancora!

Eugenio L'ami?

Elena Più di me stessa!

Eugenio Più del tuo onore?

Elena Più di tutto, di tutto! (*buttandosi a' suoi piedi*)

Eugenio (*con grido disperato*) Ma perchè non mi si tolse la vita, prima che io dovessi vergognarmi di mio padre.... (*guardando Elena*) della mia famiglia!

SCENA SESTA

Riccardo e detti

Riccardo (*di dentro*) Elena....

Elena Desso!...

Eugenio Alzati.... non una parola!... Silenzio!... Ricomponiti, sciagurata!

Riccardo (*si presenta sulla porta comune*) Sei in casa Eugenio? (*dopo di aver guardato ambedue*) Che avete?

Elena Niente.

Riccardo Ho piacere di trovarvi uniti. Figli miei (*stende loro le mani*) io vi lascio.... ma per pochi giorni. Voi tremate?... Perchè?

Elena Voi ne lasciate, padre mio?

Riccardo Sì, un'affare interessante che esige la mia presenza....

Elena E andate lontano?

Riccardo Figurati! Nel casino di un certo Marocchi.... due ore di via ferrata. Ma questa sarà l'ultima volta che io vi lascio. Se io ho ammassato qualche fortuna, l'ho fatto soltanto per i miei figli, e a che mi varrebbe aumentare le mie rendite, quando mi dovessi allontanare da voi?

Eugenio E quando partite?

Riccardo Domani col primo treno. Perciò vi saluto adesso, e me ne vado a riposare, dovendomi levare di buon mattino. Addio figli miei.

Eugenio Un momento....

Riccardo Hai a dirmi qualche cosa?

Eugenio Sì.

Riccardo Capisco.... Vuoi danaro?

Eugenio No!... non si tratta di questo.

Riccardo Spicciati dunque.

Eugenio Quello che io vi dirò vi sembrerà strano, vi dispiacerà, credo.

Riccardo E allora perchè dirmelo?

Eugenio È necessario.

Riccardo Al fatto.

Eugenio Ecco.... Sapete quanto io abbia sempre amato le belle arti.

Riccardo Ne parleremo al mio ritorno. (*per andare*)

Eugenio No, ascoltate. Io voglio tornare a studiare, voglio divenire artista.

Riccardo Fa quello che vuoi. Per me tanto è che cavalchi, tanto è che dipingi.

Eugenio Ma siccome la sede delle arti belle è Roma....

Riccardo Non penserai già di lasciarmi ancora?

Eugenio Sì, anzi ho risoluto, e parto domani.

Riccardo Risoluto?

Eugenio Irrevocabilmente.

Riccardo E voi risolvete senza prima consultarmi?

Eugenio Non mi trattenete.

Riccardo Poichè l'amor di figlio non vi trattiene al mio fianco, vi ci tratterrà la mia volontà.

Eugenio Concedetemi questa grazia.

Riccardo No, voi rimarrete.

Eugenio Alfine io non sono più minore di età, e non potete impedirmi....

Elena Eugenio!

Riccardo E tu parli così a tuo padre?

Eugenio Io non vi chiedo che di lasciarmi seguire il mio genio; ho la dote di mia madre, e non voglio altro.

Riccardo E chi vi ha mai negato la dote di vostra madre? (*Pausa*) Non mi aspettava, Eugenio, da voi questo compenso a tanta mia affezione. Io solo so quanto ho fatto pei miei figli, io solo lo so! Ed ora?... E Sia pure! Già, che mi farci io di un'ingrato?... Sta bene! Prendetevi domani l'incomodo di passare dal mio notaio, ed avrete la vostra parte dell'eredità materna. Partite pure, io non vi trattengo. Siate felice, Eugenio, io ve lo auguro; perchè meritiate o no il mio amore, io vi son padre, e vi amerò sempre. (*per partire*)

Eugenio Padre.... (*andando per abbracciarlo*)

Riccardo (*lo ferma con un gesto risoluto, ma senza sdegno*)

Elena (*si avvicina al padre, e lo prega col gesto e collo sguardo di abbracciare Eugenio*)

Riccardo (*esita un momento, fa cenno di no, ma sempre dignitoso e senza ira. Guarda i figli, li saluta colla mano e parte*).

Eugenio (*con grido minaccioso*) Ora, Marchese Albani, vi batterete! (*parte*)

Elena (*rimasta atterrita dalle parole di Eugenio*) Ah, io l'avea indovinato! (*si gitta sopra una sedia, coprendosi il volto colle mani in atto di disperazione*)

FINE DELL'ATTO TERZO

ATTO QUARTO

La medesima scena del secondo atto. Le porte del fondo sono chiuse.

SCENA PRIMA

Atala e Luigia

Atala Egli?

Luigia Sì, desidera parlarle. Se vedesse com'è afflitto, povero giovane!

Atala Sì?.... Fallo entrare.

Luigia Subito.

Atala E se venisse il Marchese Albani, previenimi in segreto.

Luigia Non pensi. (*parte dalla comune*)

Atala Che vorrà dirmi? L'avvenimento inaspettato di ieri sera mi ha posto in un'inquietudine....

SCENA SECONDA

Eugenio e detta

Eugenio Atala....

Atala Signore....

Eugenio Io sono venuto a recarvi incommodo, soltanto per domandarvi una cosa.

Atala Dite pure,

Eugenio (*mostrando una lettera*) Foste voi che ieri sera mi respingeste i duecento franchi?

Atala Sì.

Eugenio È vostro carattere questo?

Atala È di mio zio.

Eugenio E non bastava dunque quanto io già aveva sofferto in questa casa? Anche voi voleste aggiungere qualche cosa del vostro?

Atala Io n'ebbi incombenza, nè credeva....

Eugenio Sta bene. Voi non avete più stima per me, e, non temete, più non mi rivedrete in queste sale, nè altrove.

Atala E perchè?

Eugenio Io torno a Roma, riprenderò la mia carriera di artista; passerò intiere le giornate al lavoro, veglierò le notti, e, o soccomberò alla fatica, o da me, col mio ingegno mi formerò un nome che sia rispettato.

Atala Voi?....

Eugenio Io non porterò meco che l'eredità di mia madre.

Atala Ed avrete il coraggio?....

Eugenio Oh, ne avrò di coraggio!

Atala Eugenio, siate certo che i miei voti vi seguiranno da per tutto!

Eugenio Atala, voi dunque non mi disprezzate?

Atala Disprezzarvi!

Eugenio Allora, prima che io vi lasci, ho d'uopo di sapere.... sinceramente, se posso sperare, quante volte io giungessi a farmi un nome, che voi.... allora.... non sdegnereste l'amor mio.

Atala Eugenio, io vi amo fin d'adesso; ma no, sin da quando vi conobbi.

Eugenio Mi amate? Dunque posso sperare?....

Atala Ad un patto. Ciò che qui avvenne ieri sera, deve essere obliato come non fosse mai avvenuto.

Eugenio Voi mi chiedete t'impossibile. Abbandonando tutto, io riacquisto ogni dritto di stima verso la società, e coloro che tanto spietatamente mi ricoprirono di disprezzo, ora debbono darmi una riparazione.

Atala Voi partite domani? Non cercate d'Albani; egli non cercherà di voi, io glielo dirò. Partite Eugenio, e.... scrivetemi. (*gli stende la mano che Eugenio bacia con trasporto*) Un giorno forse udrete picchiare all'uscio del vostro studio, e d'improvviso rivedrete....

Eugenio Chi?

Atala Chi voi dite di amare.

Eugenio Me lo promettete?

Atala Ve lo prometto.

Eugenio Oh Atala!...

Atala Ma voi pure mi promettete di rinunciare a qualunque progetto...

Eugenio (*dissimulando*) Finchè io sono in questa città non potrei darvi la mia parola che....

SCENA TERZA

Luigia frettolosa e detti

Luigia Signora....

Atala Ho capito.

Eugenio Voi avete da fare?....

Atala Sì, per poco.

Eugenio Mi permettete che io mi congedi dal Barone vostro zio?

Atala Anzi lo desidero. Luigia, conduci il sig. Conte da mio zio. (*piano a Luigia*) E quindi introduci il Marchese Albani.... Fa che non s'incontrino.

Eugenio Addio Atala.

Atala (*stringendogli la mano*) Attendetemi da mio zio, verrò a darvi l'ultima stretta di mano.

Eugenio (*parte dal fondo seguito da Luigia*)

Atala Ebbi una buona ispirazione nel prevenir Luigia. Io credeva che Eugenio mi avesse dimenticata, ed io pure tentava di scordarlo; ma come udii che egli voleva rivedermi.... Mio zio forse si opporrà.... Ma Eugenio ha un cuore generoso, ha ingegno, e.... e mi piace; e questa ragione vale per tutte.

SCENA QUARTA

Luigia, il *Marchese Albani* e *detta*

Luigia Il sig. Marchese Albani (*parte*)

Albani Auguro il buon giorno alla sig. Atala. Non avrei rotto la consegna venendo nelle ore del mattino...

Atala Se un biglietto di mio zio non vi chiamava?

Albani Appunto così. Anzi senza incomodar voi in quest'ora mattutina, sono le undici, voleva andare direttamente dal Barone; ma la vostra cameriera....

Atala Infatti presentemente mio zio è occupato; e poi anche io ho a dirvi qualche cosa.

Albani È una fortuna per me.

Atala Sedete.

Albani Cominciamo da voi.

Atala No, cominciamo da mio zio: vi dirò io quello che desidera.

Albani Benissimo.

Atala Voi sapete com'egli abbia buona servitù con il Ministro?

Albani Egli è anzi suo amico.

Atala Ebbene, S. E. è rimasto privo del segretario, e mio zio vorrebbe i porre voi in quel posto. Se accettaste ve ne sarebbe grato, poiche gli porgereste opportunità di servire al Ministro. Voi, sig. Odoardo non avete certo d'uopo del soldo ch'egli dà; ma pure conviene confessare che è ben considerevole, e....

Albani Non si potrebbe con più delicatezza aiutare un disgraziato. Io so che il Barone ha fatte molte pratiche per ottenere questo posto; ma ignorava che fosse per me. Insomma se io sono creduto abile, accetto e con grandissima riconoscenza.

Atala Ed io, Albani, sono la prima a rallegrarmene di cuore.

Albani Andrò subito dal Barone....

Atala No adesso. Tornate, se non v'incommoda, questa sera.

Albani Come credete.

Atala Ora a me, sig. Odoardo, io ho un comando da darvi.

Albani Voi sapete che io sono vostro buon servitore.

Atala Mi obbedirete?

Albani Ne dubitate?

Atala Or bene, sul fatto di ieri sera si ponga una pietra. Voi non cercherete più del sig. Eugenio, e se lo incontrerete fingerete di non vederlo.

Albani Mi dispiace, sig. Atala; ma anche a costo della vostra disgrazia io non posso obbedirvi.

Atala Voi non mi negherete....

Albani Io ieri sera mi rifiutai di dare soddisfazione a colui, perchè non credeva doverne dare a chi mi si presentava ricco delle mie spoglie; ed egli questa mattina m'indirizza una lettera, ove mi dichiara, che avendo rinunciato ad ogni avere di sua famiglia, ora non posso più rifiutare di battermi, a meno che io sia un vigliacco; e quindi mi minaccia.... Credo che capirete bene, che io non poteva dispensarmi dal mandar subito il mio testimonio in sua casa, come ho fatto.

Atala (Oh Dio!)

Albani Ho sofferto abbastanza da questa famiglia. Ora, io ve lo confesso, non veggo l'ora di finirla col sig. Conte di Rionero.

Atala (*supplichevole*) Albani...

SCENA QUINTA

Luigia, Arturo e detti

Luigia Il sig. Baldi. (*parte*)

Arturo Buon giorno alla sig. Atala ed all'Albani. Vengo in cerca di Eugenio.

Atala (*facendo cenno ad Arturo*) Non è qui.

Arturo Come? l'ho accompagnato io al portone, e....

Atala Vi dico che sbagliate.

Arturo Ma....

Atala (*piano ad Arturo*) Zitto.

Arturo (*confuso*) Eh!....

Atala Non cercate scuse, Baldi, quello che voi desiderate....

Arturo Io?

Atala (*seguitando*) Ve lo concedo.

Arturo Grazie, ma....

Atala Non volevate vedere il quadro di Pëtter di giorno?

Arturo L'ho veduto due volte.

Atala (*facendogli cenno*) Ma volevate fare un poco di disegno di quel....

Arturo Ah, già, di quel montone?.... Sicuro! per introdurlo nella mia Lucrezia come personaggio episodico (V'è dell'imbroglio, e vuole che io la secondi).

SCENA SESTA

Luigia e detti, quindi Elena

Luigia La sig. vedova Derossi.

Atala Elena?.... Che venga, che venga!

Luigia (*parte*)

Atala (*andandole incontro ed abbracciandola*) Amica mia!

Elena Atala! (*in questa scena e seguenti si mostrerà molto agitata*)

Atala Brava! Quanto mi fai piacere! Oggi ti tratterrai? Ti leverai il cappello? Non farai già come ieri?

Elena Sì, poichè ho un caldo alla testa....

Atala Vedi: questi è il sig. Baldi, artista di molto merito.

Elena (*inchinandosi*) Signore....

Arturo Ebbi già la fortuna di vederla ieri.

Atala Egli è molto amico di tuo fratello.

Arturo Ho questo piacere.

Atala E questi è.... Ma tu lo conosci bene?

Elena (*con indifferenza*) Il sig. Marchese Albani, mi sembra?

Albani Per servirla, signora.

Atala Credeva non lo ravvisasti perchè prima era chiuso nell'assisa militare.

Elena Infatti egli d'allora ha molto cambiato; ma tuttavia l'ho subito riconosciuto.

Albani (*con indifferenza*) Godo di rivederla, signora, e sempre in ottima salute.

Elena (*c. s.*) Grazie.

Arturo (*piano ad Albani*) Peccato che quella signora non faccia da modello: dovrebbe avere un magnifico.... piede. E con tutto ciò è vedova. Ingiustizia del secolo!

Elena (*piano ad Atala*) Devo parlarti in segreto.

Atala (*piano ad Elena*) Adesso (*forte*) Baldi, fatemi vedere se il mio orologio combina col vostro.

Arturo (*andandole vicino*) Ecco qua. Perfettamente!

Atala (*piano ad Arturo*) Date ciarle ad Albani.

Arturo (*Che diavolo ha costei!*) Odoardo, voi che.... voi che siete stato uffiziale di fanteria.... sapreste dirmi quanti denti ha un cavallo?

Albani Lo dite per celia?

Arturo No, anzi.... lo dico.... (Perchè non so che dirgli) (*seguono piano*)

Elena (piano ad Atala e così di seguito) Mio fratello deve battersi col Marchese Albani: bisogna impedirlo,assolutamente.

Atala (piano ad Elena e così di seguito) Io ho già parlato ad Eugenio.

Elena Ebbene?

Atala Se Albani più non lo provoca, ti prometto che tuo fratello non cercherà di lui.

Elena Dio ti ringrazio! E ad Albani hai parlato?

Atala Egli vuol battersi ad ogni costo.

Elena Ma tu hai molto potere in su di lui.... e non otterrai?....

Atala Ho provato; ma è irremovibile.

Elena (con dolore) Irremovibile?

Atala E se tu tentassi?

Elena Io?

Atala Tu come sorella di Eugenio....

Elena Sì.... gli parlerò io! Mi è duro questo colloquio; ma io già avevo preveduto il caso, e spero...

Atala Ah Elena, fa quanto puoi!

Elena E ne dubiti?

Albani (piano ad Arturo) Vedete che dialogo accalorato? Certo si parla di amori.

Arturo (piano ad Albani) Nò, è affare più grave: lì si tratta di abiti e di cappellini.

Albani (c. s.) Questione europea!

Atala Ora ti lascio con lui *(ad Arturo)* Baldi, voi avete fretta, mi sembra?

Arturo (andando vicino ad Atala) Io?

Atala (piano ad Arturo) Dite di sì.

Arturo Un poco, anzi molta.

Atala Ebbene, vi conduco subito a vedere...

Arturo Il montone? E volete lasciare la compagnia per un montone?

Atala Ma voi mi dite che avete fretta....

Arturo (con impazienza) Sì, sì, ho fretta.

Atala Mi permetti Elena? torno subito. (*ad Arturo*) Ma questa mattina avete un'aria così imbarazzata...

Arturo Vi sembra? Forse perchè non ho ancora fatta colezione.

Atala (*partendo con Arturo*) Poveretto! Volete un ristoro?

Arturo (*piano ad Atala alquanto alterato*) Io mi sono prestato; ma mi spiegherete?....

Atala Silenzio! (*entra nella sala seguita da Arturo*)

Albani (*guarda Elena, sta un momento irresoluto, quindi anche egli si avvia verso la sala, e salutando Elena dice*) Signora....

Elena (*con sforzo*) Un momento!

Albani Comandate.

Elena (*sempre agitata*) Marchese Albani, voi eravate fra coloro che ieri sera insultarono mio fratello. Non vi starò a notare quanto disdicesse ciò a voi. Intanto questa mattina un certo Barone Vanni è venuto a cercare di Eugenio, e non lo ha trovato. Egli è il vostro padrino; ho capito tutto. Ma voi non vi batterete.

Albani È il Conte di Rionero che mi ha sfidato, ed io non posso a meno....

Elena Ed io vi dico che voi non dovete accettare tale sfida.

Albani E potrei rifiutare al Conte di Rionero?

Elena Lo dovete anzi, poichè il Conte di Rionero è mio fratello.

Albani E voi pretendete che io agli occhi suoi e di tutti comparisca un vile?

Elena E non lo siete forse?

Albani Signora!

Elena (*con sprezzo*) Oh non fate vane declamazioni, io vi conosco troppo bene! E perciò nel dirvi che non voglio che voi abbiate uno scontro con Eugenio, non è una grazia che io vi chiedo, mi guardi il cielo di chiederne io a voi! ma sibbene un trattato, un negozio che io vi propongo. Voi aspirate alla mano, e più facilmente alle ricchezze di Atala; ma voi non potete essere tranquillo nei vostri amori finchè queste lettere sono in mia mano (*cava un pacchetto di letterine*) Io non ne abuserei; ma voi di coscienza più facile, dovete temerlo. Pacificatevi dunque ad ogni costo con mio fratello, ad ogni costo, capite? e riavrete questi fogli.

Albani La vostra minaccia, s'è tale, non mi farà dimenticare l'insulto che ho ricevuto dal Conte di Rionero.

Elena Ma l'insulto da voi ricevuto è forse paragonabile con quello che gli faceste? Ma credete che s'egli conoscesse la vostra infamia, si degnerebbe di battersi con voi?... di esporre la sua vita?... No, no, egli potrebbe piantarvi uno stile nel petto, chè quella è l'arma con la quale si colpisce un traditore!

Albani Il Conte di Rionero capirebbe troppo bene che io non avrei potuto dare la mia mano a sua sorella. Nell'abbandonarvi, io vi scriveva che non poteva ricevere nella mia famiglia la figlia di Riccardo Grippi; vi diceva che era divenuto povero perchè l'eredità di mio zio mi veniva tolta da un estraneo; che mio padre moriva nella più squallida miseria; ma ebbi allora tanta pietà di voi da non dirvi, che colui che ci aveva ridotti a tal punto era il padre vostro.

Elena Mio padre?

Albani Ora siate più mite nel giudicarmi.

Elena (E sempre, sempre calpestata per lui, per lui che tanto mi ama, e che è pure il più amoroso dei padri!)

Albani Elena, giudicate ora, se sono poi quel vile, quell'infame che voi mi dicevate.

Elena Se pure ciò fosse.... Marchese, voi sapevate che io era innocente di tal colpa.... sapevate quanto fosse grande l'amor mio.... allora; sapevate il mio pianto, il mio rimorso.... E quando voi dovevate adempiere la sacra promessa, mi abbandonaste.... No, Marchese, il vostro amore si era spento, ecco ciò che vi ha di vero, tutto il rimanente è un pretesto.

Albani Il mio amore si era spento!

Elena Sì, voi mi giudicaste una di quelle donne che portano con leggierezza l'onta loro, e colle quali si può a capriccio annodare e sciogliere degli amori, seguendo l'uso delle volgari avventure; ma voi mi giudicaste male, Marchese Albani.

Albani Elena, credete che nell'abbandonarvi, il mio cuore soffrì strazio di morte; ma l'ostacolo che sorgeva fra noi....

Elena (*con slancio, quindi segue dominata da esaltamento sempre crescente.*) Ma quando si ama, vi sono forse ostacoli? E voi stesso non mi dicevate così in queste bugiarde lettere? (*ne prende alcune, ed una ne apre*) Guardate! quando piangente, disperato, ecco, (*mostrando la lettera*) mi scrivevate (*leggendo*) «Elena, se voi non permettete che io torni in vostra casa, sarò il più infelice degli uomini» Poichè io vi aveva scacciato alla prima parola d'amore: lo ricordate?

Albani Oh, voi eravate la più virtuosa delle donne!

Elena (*mostrandogli un'altra delle lettere e scorrendola appena coll'occhio, mostrando saperla a memoria*) «Elena, la virtù, l'onore, i doveri, sono cose sacre; ma il vero amore, Elena, non vede ostacoli, poichè rende folli» Siete voi che scrivete (*seguitando*) «Io rinuncierei alla mia casa, a mio padre, a tutto per un istante d'amore. Io dalle tue braccia volerei felice alla morte: possederti e morire, Elena, ecco quanto ti chiedo» E mentivate!

Albani No, Elena, dal cuore mi venivano quei pensieri. Io era sì pazzo d'amore!

Elena (*mostrando un'altra lettera*) Che volevate morire, se io non vi accordava un colloquio. Vedete? (*legge c. s.*) «Elena, ve lo giuro per le ceneri di mia madre, se voi non venite, questa sera è l'ultima di mia vita.»

Albani (*con forza*) Ed io mi sarei ucciso!

Elena (*con slancio*) Ma preferiste vivere a costo del mio disonore! Oh, andate! voi siete il più spregievole degli uomini! (*gli volge le spalle*)

Albani (*andandole presso, dice con tutta l'esaltazione dell'amore*) Elena, ascoltami, io ti parlo col cuore sulle labbra come fossi nell'ultimo istante di mia vita. Io ti amava da insensato; io fui sleale verso di te, crudele, è vero; ma non vi sarebbe stato eccesso o delitto che io non avrei commesso per ottenerti. Era il mio primo amore, e fu pure l'ultimo, poichè io non cercai nell'altre donne che di dimenticarti. Le mie lettere non furono bugiarde; ti amai davvero come nessuno ama, e te sola ho amata quanto forse mente umana non può credere che si possa amare.

Elena (*volgendo un momento il viso alquanto commossa e dandogli uno sguardo*) Non vi credo.

Albani Che il cielo m'incenerisca a' tuoi piedi se io mentisco! (*avvicinandosi sempre più*) Io voleva farti mia; era questo non solo il mio dovere, ma la più cara delle mie speranze, l'unico mio pensiero, la mia stessa vita. Credimi, Elena, che tu nel sacrificarmi la tua pace, tu pure non mi hai amato quanto io ti ho amata.

Elena (*con passione*) Non l'ho amato!

Albani Era un delirio il mio, una febbre, una pazzia.... Ed ora pure che ti parlo, sappilo! ti amo, Elena, ti amo sempre, sempre!

Elena (*allontanandosi*) No!

Albani Ma io in uno dei momenti più terribili della vita dell'uomo, presso il letto di morte del padre che tanto mi era caro e tanto soffriva, volli giurare che non avrei dato giammai il mio nome alla figlia di colui che ne aveva ruinato.... Oh, perdono Elena!.... E lo giurai, disgraziato che io sono, lo giurai!

Elena (*con un grido di sdegno presentandogli le lettere*) E qui, forse, qui! non mi hai le mille volte tu pure giurato per il cielo, per la terra, per la memoria di tua madre, per quanto v'ha di sacro, che tu mi avresti fatta tua se io fossi libera? Dì, non l'avevi giurato? Ma tu ricordi il giuramento che ti giova ricordare. Sono queste lettere che ti fanno tremare. Ma guarda quanto io sia di te più generosa (*presentandogli le lettere*) Tieni, sposa la donna che tu ami....

SCENA SETTIMA

Eugenio dalla comune e detti

Elena (*seguitando*) E se ne hai il cuore, ora va, ed uccidimi il fratello (*porgendogli le lettere, vede Eugenio e grida*) Ah!

Eugenio (*strappa le lettere dalle mani di Elena, e dice minaccioso*) Marchese, queste lettere le riavrete domani.... dalle mie mani.

Albani (*ad Elena con slancio*) Voi lo vedete? io non posso rifiutarmi (*parte*)

Eugenio (*è per seguirlo*)

Elena (*abbracciandolo lo ferma*) Eugenio!

Eugenio Tu sarai vendicata! (*l'abbraccia.*)

FINE DELL'ATTO QUARTO

ATTO QUINTO

La medesima scena degli atti primo e terzo

SCENA PRIMA

Paolo e Barone Vanni

Paolo (*introduce dal fondo il Barone Vanni*) Non vuol vedere il sig. Conte?

Vanni No, vi ho detto: voglio vedere il sig. Arturo Baldi.

Paolo (*accenna a destra*) Credo che sia di là.

Vanni A me non interessa saper dove sia: chiamatelo, ed ecco tutto.

Paolo (È rabbioso come una cagnetta) (*parte a dritta*)

Vanni Ma guardate in che maledetto impaccio mi hanno cacciato dentro. Un letterato.... alla mia età

SCENA SECONDA

Paolo, Arturo e detto

Paolo (*traversa la scena e parte dal fondo*)

Arturo Barone Vanni, voi qui?

Vanni Sì, per forza. Dopo le parole poco amorevoli che ci scambiammo col Conte di Rionero nelle sale della Sig. Atala l'altra sera, io certo non avrei posto per conto mio il piede in questa casa. E pure dovei venirvi ieri in cerca del Conte che non trovai, e vi torno questa mattina per veder voi.

Arturo Vi è qualche cosa di nuovo per il duello?

Vanni No: ieri sera combinammo, tutto.

Arturo Questa mattina alle dieci....

Vanni Non facciamo ciarle inutili: alle dieci, nel bosco, colla pistola.... Questo è tutto convenuto.

Arturo Che volete dire dunque?

Vanni Aspettate! Arturo, in confidenza, avete dormito questa notte?

Arturo Poco.

Vanni Ed io niente. Per satanasso! che si paghi il tributo alla società versando il suo sangue sul campo della guerra, sta bene; ma che per affari privati si abbia a distruggere l'uomo, la più bella cosa uscita dalle mani della natura....

Arturo (*a mezza voce*) Dopo la donna.

Vanni La non mi va giù.

Arturo Ciò è contro la libertà individuale ch'è la mia coccarda.

Vanni Bravo! Ma sapete voi su chi ricadrà la colpa di questo brutto affare?

Arturo Sul marchese Albani?

Vanni No.

Arturo Su di Eugenio?

Vanni Nemmeno.

Arturo Su me? Su voi?

Vanni No, no, io la prendo più da lontano.

Arturo Da Noè?

Vanni Ascoltate. Se fra la civile società non si aggirasse la schifosa razza degli adulatori, degli scrocconi, dei cavalieri d'industra, i quali colle ali aperte piombano sopra questi male arricchiti, e gl'incensano curvati a terra, e ne lambiscano le orme; per quindi rosicchiare un osso alla loro mensa, per buscarsi gli scarti del guardarobe; insomma se tutti avessero un poco di pudore come l'ho io, come l'avete voi; questi novelli Cresi, questo fango dorato, non andrebbero tanto superbi sui loro cocchi insultando spudoratamente col lusso loro la sofferenza della povera gente; ma correrebbero a nascondersi nelle tenebre insieme coi loro illeciti guadagni, accompagnati dal disprezzo e dall'esecrazione di tutti. E forse così poco alla volta si vedrebbero scomparire siffatti lupi rapaci che mangiano con cento bocche, e dopo il pasto hanno più fame di prima.

Arturo Voi dite più che bene, Barone; ma con tutto ciò fra poco Eugenio ed Albani....

Vanni Ma poichè il caso ha voluto che noi padrini fossimo due galantuomini, ditemi un poco, Arturo, non potremmo tentare di pacificare le parti?

Arturo Fatica inutile!

Vanni Il Barone Anselmo di Ripalta questa mattina è andato dal marchese Albani con eguale intendimento del mio; io vi vado adesso, e voi potreste presso del Conte tentare....

SCENA TERZA

Eugenio e *detti*

Eugenio (*resta in ascolto sulla porta della sua camera*)

Arturo Meglio di me potrebbero la sig. Elena ed Atala, che io lasciai di là in questo memento. Poverette! Veduti andare a vuoto tutti i tentativi loro per impedire questo duello, ora piangono c si stracciano i capelli. Io che quando veggo piangere una donna.... e là sono due.... Per tranquillarle ho dovuto dire che lo scontro è rimesso a dimani.

Vanni Male! che sappiano la verità; che piangano a lui d'innanzi.... Ah, se l'impiegassero a bene, quanto potrebbe giovare il pianto delle donne! Io.... ma sollecitiamo. Andatele a prendere, che si gittino a' suoi piedi, che facciano un dramma. Arturo, pensate che si tratta della vita di due uomini, e ciò vi basti (*parte*)

Arturo Che debbo fare?

Eugenio (*ponendogli una mano sulla spalla*) Tacere! Qualunque tentativo sarebbe inutile. Io esco di casa appunto per sottrarmi ad una di quelle scene strazianti di famiglia; e tu precedimi, ti prego.

Arturo E non vuoi che io saluti?....

Eugenio Quando ti dico che tutto sarebbe inutile, tutto!

Arturo (*preparandosi a partire*) E sia bene! A me mica mi ci prendono più a fare il padrino. Sono pure due giorni che sta in ozio il mio pennello. E perchè? per vedere, *tum*!.... là in terra steso.... E sta bene, sta bene; ma a me non mi ci prendono più davvero. Ti aspetto dove abbiamo detto. Addio (*partendo*) Oh, non mi ci prendono più, lo giuro per la mia Lucrezia! (*parte*)

Eugenio Atala è di là.... Partire senza rivederla; senza riveder mia sorella.... E mio padre? Ma la vista loro avrebbe diminuito il mio coraggio e non avrebbe cangiata la mia risoluzione. Non vi ha mezzo di riconciliarsi fra me ed Albani.... Uno forse ve ne sarebbe; ma io non lo proporrei, ed egli non lo accetterebbe. È meglio che io vada (*prende il cappello*) O vinca o perda, io non porrò più il piede in questa casa, in questa casa ove vissi felice, ove spirò la mia buona genitrice.... Odo rumore... Uscirò subito: non voglio vedere alcuno. (*va per uscire e si arresta sorpreso vedendo Riccardo*)

SCENA QUARTA

Riccardo e detto

Riccardo (*si ferma sulla porta e lo guarda severamente*)

Eugenio Mio padre!

Riccardo Dove andate?

Eugenio Voi qui?

Riccardo Una lettera ricevuta.... Ma sembrami che il riveder vostro padre prima di partire per Roma, non vi abbia prodotto quella gioia che io doveva sperare.

Eugenio E potete credere?

Riccardo Non mentite, Eugenio la mia presenza vi rincresce.

Eugenio No.... (*posa il cappello*)

Riccardo Voi indovinate che io sono tornato per impedire che vi battiate.

Eugenio Voi sapete?....

Riccardo Elena mi ha scritto tutto.

Eugenio Tutto?

Riccardo Sì: una questione di giuoco.... gelosie.... E tu non pensasti che esponendo la tua vita, esponi anche quella di tuo padre? Tu non puoi disconoscerlo, io ti seguirei nel sepolcro.

Eugenio Ma voi sapete pure, padre mio, che nella società si danno alcuni casi.... dei sacri doveri....

Riccardo E che vi ha di più sacro per un figlio che la vita del padre? Ingrato!.... sì, ingrato (*con affetto*) Per abbellire i tuoi giorni, per vederti felice, io ho faticato, impietrato il cuore per tutto ciò che non fosse i figli miei, ho soffocato a viva forza il grido della coscienza: io di te mi sono formato un idolo al quale ho tutto sacrificato.... Ma se ti perdo che mi resta? Io niente posso più sperare nè in vita, nè dopo.

Eugenio Le vostre parole mi passano il cuore.

Riccardo E tu nulla farai per me?.... nulla?

Eugenio Parlate.

Riccardo (*risoluto*) Tu devi rinunciare a questa sfida.

Eugenio Padre mio, Iddio solo che mi legge nell'anima sa quanto io vi sia grato dell'affetto che voi adesso, come sempre, mi dimostrate. Ma la vita mi sarebbe insopportabile se non cancellassi dalla mia fronte l'onta che i più feroci insulti vi hanno impressa.

Riccardo Di quale onta tu parli?

Eugenio Di quale onta?.... Voi non lo saprete giammai. O padre mio, beneditemi, e lasciate che io vada.

Riccardo Che io ti lasci?.... Non sarà mai. Stà a me il temperare il tuo soverchio fuoco, ed un giorno me ne sarai riconoscente. Sì, io ti salverò tuo malgrado.

Eugenio Che intendete di fare?

Riccardo Eugenio, tu non uscirai di qui.

Eugenio Desistete, padre mio, desistete.

Riccardo Se tu mi rispetti ancora, se non vuoi infrangere i legami di natura che ci uniscono, obbedisci e rientra nella tua stanza.

Eugenio È impossibile! Voi mi chiedete l'impossibile.

Riccardo Rientra, sono io che te lo comando, è tuo padre!

Eugenio L'avermi dato la vita, non vi dà il diritto di pretendere il mio disonore.

Riccardo Obbedisci, ti dico!

Eugenio Non vi sarà forza che mi trattenga (*per andare*)

Riccardo (*si pone avanti la porta per impedire l'uscita ad Eugenio*)

Eugenio Padre, non mi riducete alla disperazione!

Riccardo Ardisci minacciare?

Eugenio (*piegando un ginocchio*) No! in ginocchio io vi chiedo di lasciarmi andare; vi chiedo in ginocchio di non volere aggravare il disonore che già pesa sulla nostra famiglia.

Riccardo Il disonore della nostra famiglia, sei tu!

Eugenio (*balzando in piedi*) Io?

Riccardo Per l'ultima volta te lo comando: rientra nella tua stanza!

Eugenio (*quasi fuori di sè*) No!.... mai!.... (*prende il cappello e va per andare*)

Riccardo Fermati!.... Se tu passerai quella soglia, la mia maledizione cadrà sul tuo capo!

Eugenio (*con grido di disperazione e nella più grande esaltazione, venendo avanti*) Dio mio, tu mi sei testimonio che io ho tentato tutto per risparmiare al suo cuore un colpo terribile!

Riccardo Che dici?

Eugenio Io avrei voluto vedere a brani la mia lingua, prima di ripetervi le abominevoli accuse che scagliarono su voi in mia presenza. Ma poichè mi costringete.... e uditele dunque!

Riccardo E che dissero di me?) (*cominciando a tremare*)

Eugenio Che voi siete uno di coloro che s'ingoiano il pane del povero; che voi lasciaste morir di dolore la madre mia.

Riccardo E tu credi?....

Eugenio No! non voglio crederlo, se pure voi me lo confessaste. Ma ciò non basta. Elena, la mia povera Elena, amava ardentemente Odoardo Albani; voi lo spogliaste di ogni suo avere.... (*riprendendosi ad un movimento di Riccardo*) Egli lo dice!... E abbandonò così l'infelice vostra figlia che piange, voi lo sapete, piange da due lunghi anni sull'amor suo perduto, e sul suo disonore! (*con tutta la forza*) Ora, sì! io mi batto alla pistola, col marchese Albani, nel bosco qui vicino: debbo vendicare l'onore di mia sorella, di mio padre, il mio. L'ora è vicina; voi non potete impedirmi che io vada; voi non avete il diritto di maledirmi.... (*vorrebbe seguitare, ma dall'emozione non può più profferir parola*)

Riccardo (*quasi fuori di sè*) Ah vi ha dunque una giustizia suprema che punisce il delitto! Io volli immolarmi pel bene de' miei figli.... ed ora essi stessi mi disprezzano!

Eugenio No, no....

Riccardo (*seguitando senza ascoltare Eugenio*) E volendo renderli felici, invece l'una immersi nel pianto e nel rimorso, e l'altro forse fra pochi istanti tornerà fra le mie braccia coperto di sangue.... e per me!

Eugenio (*sorreggendolo*) Voi vacillate.

Riccardo (*c. s.*) Oh, no!.. Come io vissi per loro, saprò pure per loro finire la mia vita.

Eugenio Padre mio!

Riccardo (*svincolandosi da Eugenio e riprendendo forza dice*) Io solo fui l'offeso, e finchè io respiro, io solo ho il dritto di difendere e di vendicare l'onore della mia casa.

Eugenio E vorreste?

Riccardo (*con slancio*) Io! mi batterò col marchese Albani (*risoluto prende il cappello per partire.*)

Eugenio Oh no, padre mio, no, non sarà mai! Io, io devo....

Riccardo (*con tutta la forza e l'autorità*) Nessuno ardisca opporsi! Così voglio! E tu piega la fronte innanzi la volontà mia.... Piega la fronte! e qua tu mi attenderai.... Non muovere un passo per seguirmi, un sol passo.... Te lo impongo!

Eugenio (*vuol parlare*)

Riccardo (*lo guarda fieramente*)

Eugenio (*abbassa lo sguardo atterrito*)

Riccardo (*è per partire*)

SCENA QUINTA

Paolo e detti

Paolo Il sig. barone di Ripalta, ed il sig. Marchese Albani.

Eugenio Albani!

Riccardo Albani!

Eugenio Che entrino.

Paolo (*parte*)

Riccardo Egli!

SCENA SESTA

Anselmo seguito dal Marchese Albani e detti

Eugenio Marchese, guardate, (*accennando l'orologio grande*) l'ora non è passata. Io sono con voi.

Anselmo Un momento! (*con solennità*) Conte, prima che voi usciate, ho d'uopo dire poche parole a vostro padre — Sig. Riccardo, il Marchese Albani riconosce i suoi torti verso la vostra famiglia e desidera ripararli.

Riccardo Un duello....

Anselmo E un duello ripara forse a qualche cosa? Ma la sua vita ridarebbe forse l'onore alla casa vostra? e la vita di vostro figlio potrebbe ridare a lui ciò che gli fu tolto? Vi è un solo mezzo per riparare a tutto, e stà a voi l'accettarlo: Albani ama vostra figlia, e per mio mezzo ve la chiede in moglie.

Riccardo Che?.... Voi Marchese?....

Albani Questo è il più vivo de' miei desideri, il più sacro de' miei doveri.

Anselmo (*piano a Riccardo*) Afferrate l'opportunità che vi si presenta, Riccardo, e riconciliatevi cogli uomini e col cielo.

Albani Sig. Conte, posso sperare che voi non vi opporrete?

Eugenio (*accetta la mano che gli viene offerta da Albani*) Albani, questo io voleva da voi! ora vi stimo.

SCENA ULTIMA

Elena, Atala e detti

Elena (*vedendo darsi la mano Albani ed Eugenio, fanno un grido di gioia*) Ah!

Atala (*vedendo darsi la mano Albani ed Eugenio, fanno un grido di gioia*) Ah!

Elena (*va presso il padre, e lo guarda prendendogli la mano in atto di preghiera*)

Riccardo (*dopo aver mostrati i vari affetti che gli passano per l'anima prima di risolversi, ora dice solennemente*) Marchese, io dono a mia figlia quanto ereditai dal Commendatore Albani vostro zio, e ve la concedo in moglie.

Elena (*con effusione di cuore bacia la mano di Riccardo*)

Atala (*ch'è andata presso ad Eugenio gli dice piano*) Voi più non partirete, o vostra moglie verrà con voi.

Eugenio (stringe con gioia la mano che gli porge Atala)

Riccardo (intanto ha baciato in fronte Elena, quindi la consegna ad Albani. Dopo si rivolge ad Eugenio)

Riccardo Eugenio, ciò che resta della tua fortuna è tuo, ne farai quell'uso che credi. Io resterò povero; ma spero che tu non mi scaccierai da te in questi miei ultimi giorni.

Eugenio Padre mio! perdonate se....

Riccardo (conducendolo a parte) Se tutti coloro che male arricchirono avessero figli probi; oh mio Eugenio, quanti se ne ravvederebbero per non arrossire dinanzi alla propria famiglia!

FINE DEL DRAMMA